Inhalt

Vorwort

Achtung! Dieses Buch gefährdet die Dummheit! Wenn du dieses Buch gelesen hast, weißt du ...

- wie viel Tonnen Nutella jährlich verkauft werden
- wie Ebay zu seinem Namen kam
- warum Chris so gern die Statusmeldungen auf WhatsApp liest
- was es mit der mysteriösen Krankheit Hippopotomonstrosesquippedaliophobie auf sich hat
- was fünf Männer mit einem Dachschaden zu tun haben
- wie der Michael Ballack der Bibel heißt
- warum du auch ohne Partner/Partnerin glücklich sein kannst
- wie man die Bibel nicht nur lesen, sondern auch hören kann
- wo die beste Chill-out-Zone zu finden ist
- warum „God's Next Topmodel" besser ist als „Germany's Next Topmodel"

... und vieles mehr! Mit Begriffen von A wie Allroundgenie über I wie Instagram bis W wie WhatsApp bekommt dein Hirn Futter für mindestens 44 Tage. Aber nicht nur deine grauen Zellen werden mit diesem Buch an die Nährstoff-Pipeline angeschlossen – auch deine Seele! Denn um fit zu bleiben, braucht deine Gefühlszentrale die richtige Nahrung. Klar, irgendetwas zu futtern kriegt es auch so – die Frage ist nur, *womit* du es fütterst. Mit minderwertigem „Trashfood" aus dem Internet, Lästereien aus der Schulhof-Gerüchteküche oder Gedanken wie „Ich krieg ja eh nix auf die Reihe"? Oder mit gesunden, hochwertigen und leckeren Lebensmitteln – von Gott höchstpersönlich zubereitet? Die gibt es natürlich nicht beim Discounter um die Ecke. Sondern in seiner Wohnküche, wo er den Tisch für dich reich und liebevoll gedeckt hat. Die Gerichte, die auf seinem Menüplan stehen, haben ungewöhnliche Bezeichnungen, zum Beispiel: „Du bist geliebt", „Flatrate zum Himmel", „Mit mir kannst du über Mauern springen", „Du bist wertvoll". Zum Nachtisch gibt es dann vielleicht einen Cupcake mit „Schmecke meine Freundlichkeit"-Topping – oder ein großes Nutellaglas voll „Liebe des Vaters".

Vielleicht ahnst du es ja schon: Wenn es um echtes Soulfood geht, bist du bei Gott an der richtigen Adresse. Er weiß, was du brauchst, um gut durch den Tag und durchs Leben zu kommen. Seine Gerichte sättigen lang anhaltend und sind außerdem sehr gesund. Sie heben dein Glückslevel. Und sie enthalten viele Vitamine, die dich stark machen gegen all die Dinge, die dich zerstören wollen – wie zum Beispiel Lügen, Neid, Hass oder Minderwertigkeitsgefühle.

Dieses Buch enthält 44 Frühstücksportionen für einen guten Start in den Tag. (Okay, natürlich kannst du sie auch abends zu dir nehmen.) Jede Portion ist zusammengesetzt aus einer knackigen Überschrift, einer Infobox mit Futter fürs Hirn, einem Impuls für die Seele, einem Bibelvers sowie einem Aktionsimpuls – Letzteres ist sozusagen das Trainingsprogramm nach der Mahlzeit.

Also: Am besten, du fängst den Tag mit einem Nutellabrötchen und einer Andacht aus diesem Buch an!

Viel Spaß dabei wünschen dir
Verena Keil (Herausgeberin)
und die Autoren Daniel Harter, Nelli Löwen, Christoph Pahl, Stefan Kleinknecht und Detlef Kühlein.

PS: Wenn du mit jemandem über den Inhalt des Buches sprechen möchtest oder einfach einen Kommentar loswerden willst, dann erreichst du uns unter: www.facebook.com/Gerth Medien.Buch oder schreib an keil@gerth.de.

WhatsApp

Und was postest du?

Whats|App: 2009 gegründeter Instant-Messaging-Dienst. Der Name ist ein Wortspiel: WhatsApp klingt nach „What's up?" („Was ist los?", „Was geht?") und enthält das Kürzel App („Anwendung"). Frage: Welchen Status hast du?

Wenn mir langweilig ist, dann schaue ich meine Kontakte bei WhatsApp durch. Zum einen entdeckt man auf den Bildern immer wieder spannende Neuigkeiten: „Aha, Peter hat ein Kussfoto mit einer hübschen Unbekannten gepostet. Was da wohl läuft?" Oder: „Warum hat Tina ein neues Strandfoto drin? War die schon wieder im Urlaub?" Noch lieber als die Fotos checke ich die Statusmeldungen. Dabei muss ich regelmäßig lachen. „Fitnessstudio" lese ich da bei Leuten, die Sport hassen. Toll sind auch die Leute, die „verfügbar" sind, aber nie ans Telefon gehen. Meine weiteren Highlights sind: „Status: Quo", „Bin am Leben", „Bart" oder „von Amor gemobbt". Und dann gibt es meine Christenfreunde, die Bibelverse, Zitate von Martin Luther oder einfach nur „Jesus" in ihre Statuszeile geschrieben haben. Und gegen „Jesus" kann man ja echt nix sagen. Mein aktueller Status lautet: „Wofür braucht man den WhatsApp-Status?"

Und das führt mich zu der Frage, was wohl wäre, wenn ich andauernd meinen Status absolut ehrlich posten würde!? Ich meine nicht einen coolen oder witzigen Spruch, sondern wirklich das, was ich gerade mache und denke. Vielleicht wäre mein erster Status am Tag: „Schlafe und habe einen erotischen Traum." Ah nee, das möchte ich jetzt doch lieber nicht posten. Direkt nach dem Aufstehen würde der ehrliche Post so klingen: „Mundgeruch, hasse mein Leben, muss in Kaffee baden." Während des Frühstücks würde es dann positiver werden: „Ich liebe Marmeladenbrot", aber auch: „Habe Angst davor, meine Freunde zu treffen #Mobbingangst". Auf dem Weg zur Arbeit sehe ich Claudia: „Claudia ist wunderschön, ich will sie gerne küssen." Ups, Moment mal, das darf doch keiner lesen. Ich würde an so einem Tag noch oft über Claudia posten. Immerhin geht sie ja nicht aus meinem Kopf. Auch über meinen Glauben würde ich schreiben: „Hab Bibel gelesen." Oder: „Gebetet, dass Claudia sich in mich verliebt." Oder: „Gleich Jugendgruppe in der Kirche." Oh, was da wohl meine Freunde denken würden, die nicht wissen, dass ich Christ bin? Und ich frage mich, ob ich nach so einem ehrlichen „Status-Post-Tag" abends noch Freunde hätte!? Denn ich hätte ja auch geschrieben, was ich über so manche meiner Freunde denke: „Lästere gerade mit Julia über Peters Pickel." Kein schöner Post!

Es ist gut, dass ich meine Gefühle, blöden Gedanken und schlechten Witze nicht dauernd poste, sondern sie in mir drin geschützt sind. Meinen besten Freunden könnte ich zum Glück die meisten meiner Posts präsentieren. Aber nicht alle.

Stell dir mal vor, Gott wäre bei WhatsApp. Er kennt praktisch alle deine Posts – auch die, die nur in deinem Kopf sind. Er bekommt alles mit: deine Freude, deine Ängste, dein Versagen, deine Witze, dein Verliebtsein, deine Traurigkeit ...

Einfach alles! Das Unglaubliche ist: Ihn interessiert das alles wirklich! Er will wissen, was dich bewegt. Und er wird dich niemals „blockieren". Denn am Ende ist es für Gott nicht wichtig, ob du einen blöden oder tollen Status hast. Denn Gott hat immer den gleichen Status, sogar dann, wenn deine Statuszeile lautet: „Ich hasse Gott." Gottes Status verändert sich niemals: „Ich liebe dich ... (setze deinen Namen ein)." Und dieser Status bestand schon lange, bevor es WhatsApp gab. (Ja, diese Zeit gab es echt mal!) Und er wird auch noch Bestand haben, wenn deine Kinder dich fragen werden: „Papa, ihr hattet doch früher dieses ‚WhatsApp'. Was war das noch mal?" Gottes ewige Antwort auf deinen Status ist: „Ich liebe dich." Nicht, dass ihm gefällt, wenn du gemeine Dinge postest, aber das ändert nichts an Gottes Liebe zu dir!

Diese unendlich große Liebe macht deutlich: Dein Status, den du nach außen zeigst, ist nicht so wichtig. Wichtig ist, wie es dir wirklich geht. Und ob du Menschen hast, mit denen du deine wahren Gefühle teilen kannst. Und vor allem: ob du einen Gott hast, dem du dein Innerstes zeigen kannst.

Vers des Tages

Wir haben jedenfalls erkannt, dass Gott uns liebt; und wir glauben an seine Liebe. Gott ist Liebe und wer in der Liebe lebt, der lebt in Gott und Gott lebt in ihm. (1. Johannes 4,16; GN)

Aktion des Tages

Wie wäre es, wenn du heute deinen WhatsApp-Status änderst? Zum Beispiel in: „von Gott geliebt" oder „Gottes Kind". Traust du dich das? Und hier noch ein Tipp, was ich gerne mit meinen

WhatsApp-Kontakten mache: Ich gehe sie durch und bete für einzelne Leute und segne sie. Das ist noch besser als Statusmeldungen lesen!

Christoph Pahl

Nutella

Schokolade für die Seele

Nu|tel|la: 1. Kunstwort aus dem englischen Wort nut (Nuss) sowie der italienischen Endung – ella (Verkleinerungsform). Also zu gut Deutsch: „Nüsschen".
2. Lebenselexier vieler Teens. ☻

Es gab tatsächlich eine Zeit vor Nutella. Der allseits beliebte Brotaufstrich wurde 1940 von dem Konditor Pietro Ferrero in Piemont, Italien, entwickelt. Ab 1965 wurde die beliebte Nuss-Nugat-Creme auch außerhalb von Italien verkauft. Heute verkauft Ferrero jährlich sage und schreibe 250 000 Tonnen (!) Nutella weltweit. Wenn ich diese Zahlen lese, frage ich mich, was die Menschen in Deutschland vor 50 Jahren auf ihre Brotscheiben gestrichen haben. Heute können sich viele Menschen ein Frühstück ohne Nutella gar nicht mehr vorstellen. Vielleicht gehörst du auch dazu. Neben Nutella können Marmelade und Honig einpacken. Keine Chance. Die Nuss-Nugat-Creme macht süchtig, jeder Morgen mit Nutella ist ein einziges Fest ...

Das Problem mit Nutella und vielen anderen leckeren süßen Sachen ist, dass man davon immer mehr haben will. Durch den Zucker steigt der Insulinspiegel im Körper und weckt in ihm den Wunsch: „Bitte noch mehr davon!" Also isst man mehr, als man braucht, was wiederum dazu führt, dass man zunimmt ... (wenn man nicht mittels Sport wieder dafür sorgt, dass man die überschüssige Energie verbrennt). Viel besser wären dagegen Vollkornprodukte und weniger Zucker. Sie rufen ein Sättigungsgefühl hervor, das länger anhält.

Viele Dinge, die wir konsumieren (und damit meine ich jetzt nicht nur das, was wir uns zwischen die Zähne schieben), rufen ein „Hunger nach mehr" in uns hervor. Ein Beispiel gefällig? Für ganz kurze Zeit sind wir zufrieden, wenn wir uns das Smartphone gekauft haben. Aber schon einige Zeit später brauchen wir wieder etwas Neueres. Auch die Freude über das neue coole Shirt ist meist nur von kurzer Dauer. Kurz danach muss wieder etwas Neues her. Und die Wirtschaft sorgt mit ihren ständigen Modewechseln, Updates und technischen Weiterentwicklungen ebenfalls dafür, dass uns das, was wir haben, auf Dauer nicht reicht. Es scheint nichts zu geben, was uns auf Dauer satt, zufrieden und glücklich macht. Das heißt: Doch, es gibt da was. Das kann man allerdings nirgends kaufen, nicht bei Ebay ersteigern und auch nicht auf der Straße finden. Dieses „Etwas" ist eine lebendige Person. Und die hat eine steile Behauptung von sich gegeben: „Ich bin das Brot des Lebens. Wer zu mir kommt, wird nie mehr hungrig sein, und wer an mich glaubt, wird nie mehr Durst haben" (Johannes 6,35). Krass! Ich finde, das klingt spannend. Diese Person verspricht, dass sie wirklich satt machen kann, ohne dass man zunimmt. Weil mich die Sache neugierig gemacht hat, habe ich übrigens beschlossen, auf ihr Angebot einzugehen. Und ich kann rückblickend sagen: Ja, sie kennt wirklich alle meine persönlichen Hungergefühle. Den Hunger nach Freundschaft. Den Hunger nach Anerkennung. Den Hunger nach Glück. Und sie ist tatsächlich in der Lage, diesen Hunger zu stillen! Auch bei dir! Diese Person heißt Jesus Christus. Und er hat viele Möglichkeiten, auf deine tiefsten Sehnsüchte einzugehen. Vielleicht beschenkt er dich mit Menschen, die du plötzlich kennenlernst. Vielleicht schenkt er dir auch einfach eine bisher unbekannte Ruhe in einer chaotischen Situation. Oder er stärkt dein Selbstbewusstsein, weil du plötzlich erkennst, dass er dich grenzenlos liebt. Was auch immer deine persönliche Sehnsucht ist: Jesus selbst kann sie stillen. Manchmal dauert es eine gewisse Zeit, und es braucht Geduld, bis man es erlebt. Manchmal bedeutet es auch, dass man sich von Gott auf andere Weise versorgen lassen muss, als man es sich vielleicht selbst ausgesucht hätte. Aber fest steht: Gott hat immer das Beste für uns im Sinn. Er möchte, dass es uns gut geht. Daher: Vertrau ihm deine Sehnsüchte an und bitte ihn, dass er sie stillt. Komm mit deinem inneren Hunger und Durst nach Liebe und Freude zu Gott. Bei ihm bist du an der Quelle, aus der das pure Leben sprudelt.

Vers des Tages

Ich bin das Brot des Lebens. Wer zu mir kommt, wird nie mehr hungrig sein, und wer an mich glaubt, wird nie mehr Durst haben. (Johannes 6,35; NGÜ)

Aktion des Tages

Nutella kann eine coole Erinnerungsstütze sein. Frage dich doch jedes Mal, wenn du Nutella auf dein Brot streichst, ob du gerade richtig zufrieden bist oder einen ungestillten Hunger in deinem Herzen hast – den du auf andere Weise zu stillen versuchst: durch Streben nach Beliebtheit beispielsweise, durch besondere Leistungen oder durch Essattacken. Solche

Verhaltensweisen sind auf Dauer sehr ungesund. Bitte Jesus, dir in deiner persönlichen Sehnsucht zu begegnen. Und dann vertraue darauf, dass er handelt.

Nelli Löwen

GPS

Gottes Navi für dein Leben

GPS: *Global Positioning System* (deutsch: Globales Positionsbestimmungssystem). Das Navi berechnet mithilfe von Satelliten dann den Ort, wo man sich gerade befindet.

Zum Geburtstag hatte ich ein neues Navi bekommen. Eines mit vielen tollen Extras und Spielereien. Gleich danach fuhr ich mit einem Freund nach Italien an den Gardasee in den Urlaub. Eine gute Gelegenheit, das neue Gerät zu testen. Auf der Hinreise ging alles gut. Auf der Rückreise war ich allerdings etwas stutzig, als die liebe UTA (so heißt mein Navi – *Universal Traffic Agent*) mich mit freundlicher Stimme schon recht früh von der Autobahn abfahren ließ und wir stundenlang auf Landstraßen durch die Berge fuhren. Es stellte sich heraus, dass mein neues Navi den Tunnel vermeiden wollte und wir nun mit einem großen Wohnwagen auf 2 200 Metern Höhe die Alpen überquerten. Bis nach Thun wollten wir es an dem Abend noch schaffen, aber in der Zwischenzeit war es schon 2.30 Uhr und uns blieb nichts anderes übrig, als auf UTA zu vertrauen. Als sie uns versicherte, dass es nur noch 60 Kilometer seien, kam die nächste Überraschung: Unsere Route endete irgendwo in den Bergen an einer Autofähre, mittels der wir mit einem Zug durch den Tunnel auf die andere Seite des Berges gelangen sollten – was aber mitten in der Nacht und mit Wohnwagen nicht möglich war. Also änderte ich die Einstellungen auf „Fähren vermeiden" und errechnete die Route neu: 231 Kilometer und weitere zweieinhalb Stunden Fahrt. Wir fuhren alles wieder zurück, um den Berg herum und erreichten im Morgengrauen dann doch noch unser Ziel.

Auch wenn mich in diesem Falle mein Navi viele Nerven gekostet hat, so ist es im Grunde eine gute Erfindung. Weil es ein Signal von oben bekommt, kann es mich auf dem richtigen Weg zum Ziel führen.

Auch für mein Leben gibt es ein GPS-System – ein Signal von oben, das man zwar nicht sehen, mich aber auf meinem Weg zum Ziel führen und leiten kann. Gott, der außerhalb von Raum und Zeit ist und meine Vergangenheit und meine Zukunft sieht, kann mich wie ein Navi durchs Leben navigieren. Dafür sind aber vier Dinge wichtig, damit es funktioniert:

1. **Wir müssen das Gerät einschalten**, damit das GPS unsere Position orten kann. Geh auf Empfang, stelle eine Verbindung nach oben her.

2. **Der Startpunkt ist wichtig**, um die Route zu errechnen. Keiner von uns konnte in seinem Leben diesen Startpunkt selber bestimmen. Wir wurden hineingeboren in eine Familie und in eine Stadt, die wir uns nicht ausgesucht haben. Wichtig ist aber, dass Gott es wusste und einen Plan damit verfolgt. „Noch bevor ich dich im Leib deiner Mutter entstehen ließ, hatte ich schon meinen Plan mit dir. Noch ehe du aus dem Mutterschoß kamst, hatte ich bereits die Hand auf dich gelegt" (Jeremia 1,5; GN). Unsere Startvoraussetzungen im Leben waren unterschiedlich. Ich

kenne deine nicht. Aber es ist wichtig, dass du glaubst, dass Gott keinen Fehler gemacht hat, als er dich erschaffen hat.

3. **Wo bin ich gerade?** Das Navi muss zu jedem Zeitpunkt der Reise wissen, wo ich mich befinde. Wir sind seit unserem Start in dieses Leben schon eine Weile unterwegs, und um auf der richtigen Route zu bleiben, müssen wir regelmäßig eine Standortbestimmung vornehmen. Wo bin ich gerade? Bin ich noch auf dem richtigen Weg? Wir müssen unsere Position immer wieder mit dem GPS-Signal abgleichen und unser Leben nach dem Peilsender der Bibel ausrichten. Wenn wir unsere Position auf der großen Landkarte des Lebens nicht kennen, dann merken wir nicht, wenn wir die ganze Zeit im Kreis gehen, und enden womöglich an einer Autofähre, bei der wir nicht weiterkommen.

4. **Die Zieleingabe.** Es hilft nichts, wenn man weiß, wo man gestartet ist, wenn man vielleicht sogar weiß, wo man gerade ist, jedoch nicht weiß, wo man hinwill. Wer kein Ziel hat, wird auch nie dort ankommen. Wenn ich bei meinem Navi kein Ziel eingebe, dann kann es mir auch keine Route errechnen, selbst dann nicht, wenn es mit dem GPS-Signal verbunden ist. Gott hat ein Ziel für dein Leben. Er hat dich aus einem bestimmten Grund erschaffen. Die Bibel spricht von „Berufung“ und meint damit nichts anderes als die Zieleingabe für dein Navi. Es lohnt sich, Zeit im Gebet zu verbringen und Gott zu fragen, welches Ziel er für dein Leben hat, damit du nicht ziellos umherirrst. Dabei können deine Leidenschaften, Stärken und Träume, die du für dein Leben bereits hast, gute Wegweiser sein. Denn Gott hat diesen Plan für dein Leben schon von Anfang an in dich hineingelegt!

Vers des Tages

Ich sage dir, was du tun sollst, und zeige dir den richtigen Weg. Ich lasse dich nicht aus den Augen. (Psalm 32,8; GN)

Aktion des Tages

Komm mit Gott in Verbindung. Frage ihn, wo die Reise hingehen soll. Aber auch, was jetzt für dich dran ist: Wo ist der Platz, an dem du dich momentan positionieren sollst? In der Jugendgruppe deiner Gemeinde? Im Schülerbibelkreis? Wo ist der Ort, wo du deine Stärken und Leidenschaften einsetzen und ausbauen kannst? In einer Band, in einem Malkurs, beim Babysitten oder beim Fußballtraining ...?

Daniel Harter

Allroundgenie

Gott ist ein Genie – und er hat dich reich beschenkt!

All|round|ge|nie: (engl. *all-round:* „vielseitig") Bezeichnung für eine vielseitig interessierte und begabte Person. Auch Produkte und Stoffe werden wegen ihrer Vielseitigkeit oft als Allroundgenie bezeichnet, zum Beispiel Vitamin C.

Kennst du jemanden, der ein Allroundgenie ist? Ich hätte da jemanden. Er kreiert immer wieder neu farbenfrohe Schmetterlinge, gigantische Elefanten, Marienkäfer, Flamingos, aber auch Palmen, Gänseblümchen und Kakaobäume für die Schokoflakes in meinem Müsli. Ganz am Anfang hat er Himmel und Erde gemacht. Das Meer und die Berge. Und dann Adam und Eva. Und irgendwann dich. Als Gott den ersten Mann und die erste Frau gemacht hatte, vergab er nicht etwa die zweitbeste Note *gut*. Nein, er fand seine Menschen *sehr gut* (nachzulesen in 1. Mose 1,31). Und genauso wie Adam und Eva ein prämiertes Kunstwerk waren, bist auch du ein Meisterstück. Ein Mensch, den Gott wunderbar und mit sehr vielen Fähigkeiten geschaffen hat. Ganz großes Kino also!

Jemand sagte einmal: „Dein Leben ist ein Geschenk Gottes an dich! Was du daraus machst, ist dein Geschenk an Gott." Und genauso ist es auch. Wer du bist und was du kannst – all das ist Gottes Wundertüte an dich. Und wenn er als größtes Allroundgenie des Universums dir eine große Tüte voller wunderbarer Dinge schenkt, dann solltest du sie annehmen, auspacken und den Inhalt mit anderen teilen!

1. **Wundertüte annehmen.** Wenn man ein Geschenk bekommt, sollte man „Danke" sagen. Das ist wohl eins der ersten Dinge, die man als kleines Kind lernt. Auch wenn es so einfach und logisch klingt, ist genau das im Leben oft eine große Hürde. Vielleicht kann meine Freundin besser singen als ich oder mein Freund hat viel mehr Freunde, weil er immer megamäßig für gute Stimmung sorgt. Wenn man sich mit anderen vergleicht, schneidet man im Regelfall eher schlecht ab. Bei mir ist es jedenfalls so: Oft fallen mir nur die Stärken von anderen auf, die ich nicht habe. Dabei übersehe ich, dass genau dieselben Menschen oft das, was ich sehr gut kann, eben nicht können. Wie wäre es, wenn du Gott einfach mal „Danke" sagst für das, wer du bist und was du kannst? Er freut sich drüber. Schließlich findet er dich megagelungen und einfach großartig!

2. **Wundertüte auspacken.** Guck doch mal in deine Wundertüte rein. Was findest du darin? Was bringt dich zum Strahlen und was willst du unter keinen Umständen hergeben? Vielleicht deine Ausstrahlung? Oder deine Stimme? Vielleicht auch deine Geschicklichkeit, wenn es um Dekoration oder kleine Nettigkeiten für Freunde geht? Oder dein technisches Verständnis, weshalb du deinem Vater beim Autoreparieren prima unter die Arme greifen kannst? Fang an, dich bewusst kennenzulernen.

Vielleicht hilft es dir auch, einfach mal deine Freunde zu fragen, was sie an dir schätzen. Schreibe dir doch diese vielen tollen Dinge auf. Mit der Zeit werden dir sicherlich immer wieder neue Dinge einfallen, die du dann einfach in deiner „Das mag ich an mir“-Liste ergänzen kannst. Außerdem sind Persönlichkeits- und Gabentests* ganz hilfreich.

3. **Wundertüte teilen.** Gott hat dich mit so vielen wundervollen Facetten gestaltet, um dir eine Freude zu machen. Aber dabei muss es nicht bleiben. Gerade in der Beziehung mit anderen Menschen kommen deine Stärken und Fähigkeiten so richtig zur Geltung. Wenn du sie einsetzt, um anderen zu helfen, sie zu ermutigen, sie zu erfreuen oder mit ihnen etwas zu bewegen, dann entfalten deine Gaben eine ungeahnte Kraft. Und wenn jeder seine Gaben einsetzt, kann Großes passieren! Wenn du dich an andere verschenkst, wirst du merken, dass du so viel zurückbekommst und stark gesegnet wirst. Gott wünscht sich, dass du deine Talente und Fähigkeiten nicht für dich behältst, sondern sie aus Liebe zu Gott gebrauchst und sie für andere Menschen einsetzt!

Also: Wundertüte annehmen, auspacken und austeilen. Darüber freut sich Gott. Und du wirst erleben, wie glücklich dich das machen wird!

Vers des Tages

Dann betrachtete Gott alles, was er geschaffen hatte, und es war sehr gut! (1. Mose 1,31; Hfa)

*Zum Beispiel der Gabenfragebogen von Campus für Christus, https://www.campus-d.de/fileadmin/content/campus-d.de/%C3%96A/Downloads/Gabenfragebogen.pdf (zuletzt abgerufen am 13. 07. 2016).

Aktion des Tages

Worin bist du so richtig gut? Was ist deine größte Stärke? Singen, zuhören, anderen Kompliziertes erklären, Partys organisieren ...? Dann investiere in diese Stärke und gebrauche sie, beispielsweise in deiner Klasse oder im Jugendkreis. Achte mal darauf, wie es dir dabei geht. Aber auch, was du darauf für ein Feedback bekommst. Das kann dir helfen, deinem persönlichen Potenzial auf die Spur zu kommen und besser zu entscheiden, in welchem Bereich du dich zukünftig einsetzen könntest.

Nelli Löwen

FaceTime

Zeit für ein Gespräch mit Gott

Face|Time: auf Deutsch: „Zeit für ein persönliches Gespräch/ Treffen". Ist ein kostenloser Videochat-Dienst des Unternehmens Apple.

Was früher unvorstellbar war, ist heute völlig normal. Ein Klick genügt und du stehst in Verbindung mit einem Freund oder einer Freundin, die vielleicht mit ihren Eltern ins Ausland gezogen ist. Früher wart ihr unzertrennlich, ihr habt jede freie Minute miteinander verbracht, DVDs geguckt, seid mit anderen Freunden unterwegs gewesen. Nun sind gemeinsame Unternehmungen die Ausnahme. Aber wie gut, dass es Möglichkeiten wie WhatsApp-Telefonie, FaceTime und Co gibt! So ist es trotz räumlicher Trennung möglich, miteinander zu plaudern, die Highlights der letzten Woche auszutauschen und auch Enttäuschungen wie die schlechte Note in Mathe oder Liebeskummer miteinander zu teilen.

Ich stelle mir gerade vor, Gott hätte auch einen FaceTime-Account. Also könnte ich ja mal mit ihm telefonieren. Aber hm, wenn er allwissend ist, weiß er ja, was mir gerade durch den Kopf geht. Und was ich heute so erlebt habe. Und auch, was ich noch erleben werde! Daher brauche ich ihm ja eigentlich gar nichts erzählen. Meiner Freundin schon, aber Gott? Er weiß doch eh bereits alles ... Stopp! Was rede ich da? Habe gerade das Gefühl, Gott postet mir folgende Nachricht:

„Hey Nelli, ich sehne mich nach dir! Wünsche mir so sehr, dass du mir erzählst, was dir gerade durch den Kopf geht und warum du gerade ziemlich bedrückt bist. Wenn du betest, bist du in meiner Nähe. Also: Du kannst mit mir reden! Es gibt eine kostenlose Flatrate nach oben! Freu mich, von dir zu hören. H. D. G. D. L. Gott."

Krass, Gott will mit mir reden! Und da fällt mir gerade ein, dass in der Bibel (Kolosser 4,2) steht: „Lasst euch durch nichts vom Gebet abbringen." Höre niemals auf zu beten. Krasse Herausforderung! – Wie kann man das denn um alles in der Welt umsetzen, ohne dass die Eltern sauer werden, weil man nicht mehr im Haushalt hilft, und die Lehrer sich nicht beschweren, weil man sich im Unterricht nicht mehr beteiligt?

Stell dir doch einfach vor, dass du morgens direkt nach dem Wachwerden WhatsApp öffnest, Jesus anrufst und sagst: „Guten Morgen, Jesus. Da bin ich. Schön, dass du heute den ganzen Tag mit mir erleben willst." Jesus wird darauf reagieren, schließlich ist er daueronline und hat immer für dich Zeit. Er wünscht dir freundlich einen guten Morgen, fragt, ob du gut geschlafen hast, und wünscht dir einen schönen Tag mit ihm an deiner Seite. Ja, und dann hast du den ganzen Tag die Möglichkeit, mit ihm zu reden. Wenn du in der Schule bist und gerade aufpassen musst, kannst du ihm immer wieder mal ein kurzes „Pop-up-Gebet" nach oben schicken: ein kurzes „Bitte hilf mir jetzt", ein kleines „Danke" oder ein kurzes „Bitte, mach ihn gesund" für deinen Klassenkameraden, der immer noch krank ist. Ja, und wenn du dann mal wieder etwas mehr Luft hast, kannst du Jesus ausführlich erzählen, was bei dir gerade so läuft und was dich im Moment beschäftigt.

Aber auch, wenn du gerade mal nicht betest, darfst du wissen: Jesus ist weiterhin online. Seine Statusmeldung lautet nie: „Bin beschäftigt." Er ist ganz nah an deinem Leben dran und will den Alltag mit dir teilen. Er freut sich über jeden Augenblick, jede Minute, die du mit ihm verbringst. Bleibe einfach den ganzen Tag über mit ihm in Verbindung. Das heißt nicht, dass du ihn unablässig volltexten sollst. Er will dir schließlich auch etwas mitteilen! Wie? Vielleicht gibt er dir in deine Gedanken einen kleinen Tipp für eine Situation, in der du nicht weißt, was du tun sollst. Vielleicht schickt er dir Ermutigungsbotschaften oder Komplimente (in Form von Gedanken, Bibelversen oder auch durch Worte von einem anderen Menschen). Vielleicht will er dir auch einfach mal nur sagen, wie stolz er auf dich ist. Oder sich mit dir über schöne Momente im Alltag freuen. Oder einfach mal richtig mit dir lachen, wenn dir gerade was Peinliches passiert ist.

Wenn du betest, dann leg am besten immer mal wieder eine Pause ein und hör genau hin. Gebet ist das Gespräch zwischen dir und Jesus. Ganz normal. So wie das WhatsApp- bzw. das FaceTime-Gespräch mit deinem besten Freund.

Vers des Tages

Lasst euch durch nichts vom Gebet abbringen. (Kolosser 4,2; LU)

Aktion des Tages

Kleb dir eine Karte an den Badezimmerspiegel (oder woandershin, wo du morgens draufschaust), auf der die Worte „Guten

Morgen, Jesus!" stehen. Wenn du das liest, ist das wie der Klick auf das Anrufsymbol in deinem WhatsApp-Account. Du wirst merken, dass sich mit der Zeit deine Beziehung zu Jesus verändern wird und er dir immer vertrauter wird – ja, genauso wie die Beziehung zu deiner Freundin oder deinem Freund, mit der/dem du ständig über WhatsApp kommunizierst. Und noch viel vertrauter!

Nelli Löwen

Bad - Hair - Day

Vom Umgang mit Problemen

Bad-Hair-Day: 1. Tag, an dem die Frisur einfach doof sitzt.
2. Scheißtag.

Wir waren voller Vorfreude. Endlich hatten wir es geschafft, einmal in einem richtigen Club zu spielen. Früh am Morgen machten wir uns auf den langen Weg in den Norden. Nachdem der Mietwagen abgeholt war, die ganze Band eingesammelt und das Equipment aus dem Proberaum eingeladen war, verbrachten wir gute acht Stunden auf der Autobahn in mehreren Staus. Aber die Vorfreude stieg, als wir einen Radiospot hörten, der unser Konzert bewarb. Wir waren mächtig stolz. Im Club angekommen, bestaunten wir die Plakate der vielen namhaften Bands, die schon vor uns hier gespielt hatten. Ein gutes Gefühl! Nach einem Soundcheck gab es in der Backstage Abendessen. Doch als ich dann kurz vor Konzertbeginn nachsehen wollte, ob der Club schon ausverkauft sei, kam die große Enttäuschung: Es war nur ein zahlender Gast gekommen. Ein wahrer Bad-Hair-Day. Ich wünschte, ich könnte sagen, dass ich nicht geflucht und diesen Tag leicht weggesteckt hätte. Aber das Gegenteil war der Fall ...

Was macht man, wenn alles schiefzulaufen scheint und nicht nur die Haare durcheinander sind, sondern das ganze Leben? Wohin mit meinen Sorgen und Problemen, wenn sie mir über den Kopf wachsen?

Ich habe vor Kurzem gelesen, dass in Europa täglich 250 000 Vögel sterben, weil sie gegen Fensterscheiben fliegen. Ich frage mich immer, wer so verrückt ist und so etwas zählt. Aber noch verrückter finde ich, dass Gott jedes einzelne Vögelchen kennt: „Nicht einmal ein Spatz kann tot zu Boden fallen, ohne dass euer Vater im Himmel es weiß. Selbst die Haare auf eurem Kopf sind alle gezählt. Deshalb habt keine Angst; ihr seid Gott kostbarer als ein ganzer Schwarm Spatzen" (Matthäus 10,29-31, NL).

Wenn ich einen Bad-Hair-Day habe, dann tröstet es mich, dass Gott alle Details meiner Situation kennt und ich mir daher keine Sorgen zu machen brauche. Er weiß nicht nur, dass ich einen schlechten Tag habe, sondern er weiß auch genau, wie viele Haare ich auf dem Kopf und sonst wo am Körper habe – inklusive aller Nasenhaare, Achselhaare und sonstigem Gewächs. Auch wenn mir das an diesem besagten Tag in Norddeutschland nicht so gut gelungen ist, so versuche ich doch, an Bad-Hair-Days die Ruhe zu bewahren und meine Sorgen abzugeben. Und du?

Vers des Tages

Alle eure Sorge werft auf ihn, denn er sorgt für euch. (1. Petrus 5,7; LU)

Aktion des Tages

Oftmals gibt es etwas, das wir aus diesen Bad-Hair-Days lernen können. Versuche bei deinem nächsten Bad-Hair-Day, das Gute darin zu sehen. Nein, das Schlechte sollst du dir nicht schönreden. Aber vielleicht kannst du auf das schauen, was trotzdem gut ist an dem Tag. Und dann gib deine Sorgen an Gott ab und vertraue ihm.

Daniel Harter

Märchenprinz

Vertraue dem Fachmann in Sachen „Beziehungen"

Mär|chen|prinz: 1. britischer Liebesfilm von 1985.
2. ein Lied der Band „Erste Allgemeine Verunsicherung"
3. Titel eines Romans.

„Wie stellst du dir eigentlich deinen Traummann vor?" Oft haben meine Freundinnen und ich über diese Frage nachgedacht. Mit Vorliebe dann, wenn wir bei einer Freundin übernachtet haben, schon im Bett lagen und noch nicht schlafen wollten.. Jeder hatte natürlich seine ganz eigenen Vorstellungen. Ich fand den klassischen Sonnyboy toll, mit blonden Haaren und blauen Augen (:D), eine andere stand auf den eher exotischen Typ mit dunklem Teint und braunen Augen. Die äußere Erscheinung war natürlich nur der Beginn unserer Wunschliste. Vom Aussehen ging es weiter zum Charakter. Es machte unglaublich viel Spaß, einfach nur mal zu träumen. Vom Märchenprinzen. Vom Traummann. Vom Mr Right. Wenn jemand uns die Möglichkeit eingeräumt hätte, ihn uns selber zu backen ... vermutlich hätten wir sofort mit dem Projekt „Traummann" angefangen.

Heute, viele Jahre später, kann ich sagen, dass ich mit meinem Traummann zusammen bin. Doch ich musste mich lange gedulden, bis es dazu kam. In Sachen Liebe hatte ich einfach nicht so viel „Glück". Klar, immer wieder fand ich Männer toll und fing an, für jemanden zu schwärmen. Einige Male wurde dann auch was draus. Doch immer wieder zerbrach die Beziehung. Irgendwie schien es einfach nicht zu passen. Danach war ich stets völlig am Ende. Ich verstand die Welt nicht mehr. Ich fragte mich: Wer passt denn nun eigentlich zu mir? Bin ich vielleicht beziehungsunfähig? Oder zu egoistisch? Kann ich den anderen nicht so annehmen, wie er ist? Und immer wieder überkamen mich Zweifel: Werde ich jemals heiraten? Werde ich jemals mein passendes Gegenstück finden?

In einer aufreibenden Zeit, in der ich mich stark mit dem Thema „Beziehungskisten" auseinandergesetzt habe, brauchte ich mal ein wenig Zeit für mich. Deswegen setzte ich mich an einem freien Tag in ein schönes Café. Ich musste diese vielen Fragen und Gedanken, die wie Bienen in meinem Kopf summten, einfach mal loswerden. Ich bestellte mir einen Cappuccino, öffnete meinen Laptop und tippte alles einfach herunter. Alle meine Gedanken und Sorgen und Fragen rund um meine letzte Beziehung. Aber ich blieb dabei nicht stehen, ich ging weiter zurück in meiner Geschichte und schrieb alle meine „Männergeschichten" auf. Ich hatte ein ganz starkes Bedürfnis, Gott diesen ganzen Scherbenhaufen hinzuschieben. Am Ende meines Textes schrieb ich noch ein Gebet. Ich sagte zu Gott: „Gott, hier hast du den ganzen Beziehungskram. Bitte kümmere du dich darum. Ich werde nichts mehr in diesem Bereich versuchen. Den nächsten Partner suchst du mir aus!"

Nur wenige Monate später schleppten meine Freundinnen mich mit auf eine Singleparty. Eigentlich bin ich nur mitgegangen, damit ich mit meinen Mädels Silvester feiern kann. Aber genau auf dieser Party passierte es dann. Mir schien, als würde Gott meine zerknitterte Wunschliste aus meiner Teenagerzeit aus dem Papierkorb fischen, glatt streichen und dann sämtliche Punkte abhaken. Ich wusste plötzlich: Den werde ich heiraten. (Und genauso passierte es dann auch, aber das ist eine andere Geschichte ...)

So funktioniert das natürlich nicht immer. Es gibt unendlich viele Wege, wie man zu seinem passenden Gegenstück kommen kann. Und nicht jede Beziehung, gerade im Teenageralter, hält ewig. Dann muss man irgendwie lernen, mit dem Herzschmerz und all den Fragen fertigzuwerden. Vielleicht machst du gerade so eine Phase durch. Vielleicht bist du auch gerade glücklich vergeben. Oder du träumst immer wieder von deinem Traummann bzw. deiner Traumfrau und fragst dich: Wann ist es endlich so weit?

Ich möchte dir eine Erfahrung mitgeben, die ich durch meine vielen Beziehungs-Aufs-und -Abs gelernt habe: Gott ist der beste Matcher von Beziehungen. Es lohnt sich sehr, ihm diesen Bereich zu überlassen. Er hat den viel besseren Blick über dein Leben, und er weiß genau, wer zu dir passt und mit wem du einmal eine gute Ehe führen kannst. Vertrau ihm einfach.

Vers des Tages

Sorgt euch vor allem um Gottes neue Welt, und lebt nach Gottes Willen! Dann wird er euch mit allem anderen versorgen. (Matthäus 6,33; Hfa)

Aktion des Tages

Glaubst du, dass Gott dich mit allem versorgen wird, was du benötigst? Sei ehrlich zu dir selbst und rede mit Gott darüber.

Tipp: Werde selbst zu einem Traumpartner, anstatt ständig Ausschau nach ihm oder ihr zu halten. Stell dir einmal die Fragen: Bin ich ein guter Partner? In welchen Bereichen wäre es gut, wenn Gott mich noch verändern könnte? In welchen Bereichen möchte ich weiterkommen? Schaue danach, dass Gott in deinem Leben immer mehr Platz bekommt, und vertraue darauf, dass er dich dann auch mit allem, was du benötigst, beschenken wird.

Nelli Löwen

DSDS

Was im Leben wirklich zählt

DSDS: deutsche Castingshow. Die Showidee stammt aus England, dort läuft „Pop Idol" seit 2001. Weltweit übernahmen über 60 Länder das erfolgreiche TV-Format und passten es an die jeweilige Kultur des Landes an.[1]

Man schreibt das Jahr 2006, als ich mit meiner Band „Echtzeit" bei einem größeren Band-Wettbewerb teilnahm. Wir waren jung und brauchten das Geld und so stürzten wir uns ahnungslos auf die Bühne und spielten unseren brandneuen Song „Alles von vorne", auf den wir mächtig stolz waren. Wenn mich meine Erinnerungen nicht im Stich lassen, dann gab es 10 000 Euro zu gewinnen und neben den 3 000 Leuten im Saal war das genug Grund, aufgeregt zu sein. Rückblickend war unser Auftritt tatsächlich nicht so wahnsinnig gut. Nichtsdestotrotz mussten wir in der Umbaupause dann auf die Talkbühne, um von der Jury das Urteil zu hören. Niemand Geringeres als Thomas Stein von DSDS saß uns dann dort gegenüber und sagte uns ins Gesicht: „Ich glaube, da war kein einziger richtiger Ton dabei."

Autsch. Das tat schon ein bisschen weh. Nicht alle im Publikum waren anscheinend seiner Meinung und ein bisschen

Applaus gab es dann doch. Aber am Ende des Tages fragte ich mich: Warum tue ich mir so einen Stress an? Warum treten immer noch junge, talentierte Menschen bei Castingshows an und müssen sich eine Menge schräges Feedback anhören?

Tief in uns verborgen liegt das Bedürfnis, anderen gefallen zu wollen. Anerkennung zu bekommen. Applaus. Komplimente. Ein Schulterklopfen oder ein „Daumen hoch". Ein Like bei Instagram oder ein „Gefällt mir" bei Facebook. Wir wollen gefallen. Es ist ein Grundbedürfnis der Menschheit und es treibt uns im Leben an. Aber was passiert, wenn wir alles daraufsetzen, von Menschen Anerkennung zu bekommen, und dann stattdessen einen Schlag ins Gesicht kriegen? Was, wenn uns keiner auf die Schulter klopft, wenn das Mädchen, das ich total cool finde, mir einen Korb gibt, meine Eltern mir nicht die gewünschte Aufmerksamkeit schenken oder ich im Sport ständig verliere?

Wenn du dein Leben auf die Anerkennung von anderen Menschen aufbaust, dann wird dieses Fundament früher oder später anfangen zu wackeln. Wenn du davon angetrieben wirst, deinen Eltern, Lehrern, Freunden und Sportkameraden gefallen zu wollen, dann wirst du früher oder später scheitern.

Was zählt am Ende im Leben wirklich? Jesus gibt uns einen einfachen Tipp: „Sammelt keine Schätze hier auf der Erde! Sammelt lieber Schätze bei Gott. Dort werden sie nicht von Motten und Rost zerfressen und können auch nicht von Einbrechern gestohlen werden" (Matthäus 6,19–20; GN).

Am Ende aller Tage ist es völlig egal, was Thomas Stein sagt oder was irgendjemand über dein Leben sagt. Am Ende zählt nur, was Gott über dein Leben denkt und ob du Schätze bei ihm im Himmel gesammelt hast. Alles andere wird sowieso vergehen.

Wir als „Echtzeit"-Band haben damals die Niederlage ganz gut verkraftet und mussten dennoch immer wieder lernen, dass es im Leben nicht um Erfolg geht, sondern darum, Gott zu gefallen. Wir haben noch weitere sechs Jahre Musik gemacht, vier Alben aufgenommen, rund dreihundert Konzerte gespielt und Thomas Stein das Gegenteil bewiesen.

Vers des Tages

Wie solltet ihr auch glauben können? Bei euch ist jeder darauf aus, von den anderen Anerkennung zu bekommen; nur die Anerkennung bei dem einen, wahren Gott sucht ihr nicht.
(Johannes 5,44; NGÜ)

Aktion des Tages

Jesus sagt, wir können Schätze im Himmel sammeln, indem wir unseren Mitmenschen etwas Gutes tun, indem wir uns für die Armen und Unterdrückten einsetzen – kurz, indem wir so leben, wie Jesus es uns vorgemacht hat. Versuche heute zwei Dinge in deinen Alltag einzubauen, von denen du denkst, dass sie Ewigkeitswert haben.

Daniel Harter

Ebay

Sei großzügig!

E|bay: ursprünglicher Name „AuctionWeb". Als AuctionWeb bekannter wurde, beschloss der Inhaber Omidyar, es auszugliedern und nach seiner Consultingfirma *Echo Bay Technology Group* in „Echo Bay" umzubenennen. Die Domain echobay.com war jedoch bereits vergeben, weshalb Omidyar es auf „ebay.com" verkürzte.[2]

Durchschnittlich sind alleine in Deutschland circa 30 Millionen Artikel täglich bei Ebay im Angebot. Eine Menge Gebrauchtwaren, die den Besitzer wechseln. Dabei gibt es wirklich bizarre Geschichten: zum Beispiel der alte Golf von Papst Benedikt XVI., der bei der Auktion seinem ahnungslosen Verkäufer schlappe 189 000 Euro einbrachte. Oder das Käsesandwich, auf dem man mit etwas gutem Willen ein Frauengesicht erkennen konnte (interpretiert als das Antlitz von Maria), welches für 26 000 Euro verkauft wurde. Oder die Jeans von Levi aus dem Jahr 1880, die für 43 000 Euro unter den Hammer kam.

Alles kann man auf Ebay zu Geld machen. Auch ich tummle mich des Öfteren auf diesem Marktplatz herum und kaufe und verkaufe fleißig. 147 Käufe und Verkäufe habe ich schon getätigt. Mein alter Gitarrenverstärker, die Holzschnitzereien aus Afrika, das Sofa, mein Kite-Schirm, Longboard und Winterjacken habe ich schon vertickert. Mein Herz schlägt da manchmal schwäbisch und bringt es nicht übers Herz, etwas wegzuwerfen oder zu verschenken, das man nicht auch bei Ebay noch zu Geld machen könnte.

Ich habe allerdings schon oft erlebt, dass es mich nicht glücklich macht, wenn ich etwas versteigere, sondern wenn ich mal etwas verschenke. In der Bibel hab ich eine Erklärung für dieses Phänomen gefunden: „Auf dem Geben liegt mehr Segen als auf dem Nehmen" (Apostelgeschichte 20,35). Wenn ich also anfange, großzügig mit dem, was ich habe, umzugehen und nicht so geizig bin oder aus allem Geld rausschlagen will, dann merke ich, wie ich etwas zurückbekomme, was man mit Geld gar nicht bezahlen kann.

Der Reformator Martin Luther sagte einmal: „Der Mensch braucht drei wichtige Bekehrungen: 1. die Bekehrung des Herzens, 2. die Bekehrung des Verstandes und 3. die Bekehrung des Geldbeutels."

Diese Bekehrung des Geldbeutels – nämlich Großzügigkeit zu lernen – hat bei mir damit angefangen, dass ich verstanden habe, dass nichts von alldem, was ich besitze, wirklich mir gehört. Alles hat Gott mir geschenkt: die Luft zum Atmen, den gesunden Körper, meine Lebenszeit und meine Kraft, um Geld zu verdienen. Das, was ich mir erarbeitet habe und was ich besitze, ist ein Geschenk Gottes und ich darf es verwalten. Dabei fordert die Bibel mich immer wieder heraus, damit nicht zu geizen, sondern großzügig zu sein: „Denkt daran: Wer spärlich sät, wird nur wenig ernten. Aber wer mit vollen Händen sät, auf den wartet eine reiche Ernte. Jeder soll so viel geben, wie er sich in seinem Herzen vorgenommen hat. Es soll ihm nicht leidtun und er soll es auch nicht nur geben, weil er sich dazu gezwungen fühlt. Gott liebt fröhliche Geber! Er hat die Macht, euch so reich zu beschenken, dass ihr nicht nur jederzeit genug habt für euch selbst, sondern auch noch anderen reichlich Gutes tun könnt" (2. Korinther 9,6–8; GN).

Am Ende ist es ein Paradox: Je mehr wir verschenken, umso mehr haben wir. Es ist eine Art Naturgesetz. Ähnlich wie bei der Schwerkraft oder der Fliehkraft gelten im Umgang mit Geld Gesetzmäßigkeiten. Und Paulus sagt, es ist wie beim Säen und Ernten: Du kannst nur das ernten, was du ausgesät hast. Nur wer großzügig zu anderen ist und Gott mit dem, was er hat, ehrt, den kann Gott reich beschenken.

Das nächste Mal, wenn ich bei Ebay etwas zum Verkauf anbiete, werde ich mir überlegen, ob ich es nicht auch verschenken könnte ...

Vers des Tages

Freigebige werden immer reicher, der Geizhals spart sich arm. (Sprüche 11,24; GN)

Aktion des Tages

Was hast du bei dir rumstehen, das du sowieso nicht mehr brauchst? Pack es schön ein und verschenke es an jemanden, der es gut brauchen kann.

Daniel Harter

Thx

Lerne, dankbar zu sein

Thx: Abkürzung für „thanks". In einigen Foren gibt es auch einen Thx-Button. Über diesen kann man dem Verfasser eines Beitrags automatisch ein „Dankeschön" verpassen.

Studien behaupten, dass dankbare Menschen gechillter sind. Ich glaube so etwas ja immer erst, wenn ich es in einem Selbstexperiment erprobt habe. Man sagt, dass der Mensch im Durchschnitt pro Tag etwa 30 000 bis 60 000 Gedanken denkt. Davon sind 72 Prozent flüchtige und neutrale Gedanken, 25 Prozent negative Gedanken und Sorgen und nur 3 Prozent positive Gedanken. Wenn es also gelingen könnte, mehr positive Gedanken zu haben, dachte ich mir, dann könnte das helfen, dankbarer durchs Leben zu gehen.

Angefangen hat bei mir alles mit einem Satz, der wie Klebstoff in meinem Kopf hängen blieb: „Nicht die Glücklichen sind dankbar, sondern die Dankbaren sind glücklich!" Steile Aussage! Dass ich Zufriedenheit erst lernen musste, entdeckte ich, als mich jemand fragte, wie in meinem Leben meine „Zufriedenheitskurve" aussähe – also ob Freunde und Dankbarkeit in meinem Leben zunehmen oder abnehmen. Da stellte ich fest, dass die Kurve ständig nach unten ging. Hast du dich schon mal gefragt, wie deine Zufriedenheitskurve aussehen würde, wenn du sie aufzeichnen müsstest? Ginge sie auch steil nach unten wie bei mir?

Nach einem Blick auf mein Leben fragte ich mich also, ob man Dankbarkeit erlernen kann und ob die Dankbaren wirklich die Glücklichen sind. Dabei hab ich herausgefunden, dass alles in meinem Kopf entschieden wird. Alles, was ich tue und empfinde, beginnt mit einem Gedanken. Also beginnt auch Dankbarkeit in meinem Kopf. Und weil also Dank mit einem Gedanken anfängt und unsere Gedanken so oft auf das Negative gerichtet sind statt auf das Gute in unserem Leben, gibt uns Paulus diesen Rat hier: „Dankt Gott, dem Vater, allezeit für alles, im Namen unseres Herrn Jesus Christus“ (Epheser 5,20). Für alles! Allezeit! Das ist ganz schön oft, finde ich. Aber als ich anfing, für all das Gute in meinem Leben zu danken, merkte ich, wie langsam auch mein Denken verändert wurde. Es funktioniert tatsächlich! Rückblickend kann ich sagen, dass ich gechillter geworden bin, seitdem ich versuche, egal, was ist, dankbar zu sein.

Wie ist es bei dir? Bist du ein dankbarer Mensch? Vielleicht gibt es ja gerade eine Menge Zeug in deinem Leben, für das du alles andere als dankbar bist. Oder du fühlst dich nicht danach, ständig den Thx-Button zu klicken. Vielleicht helfen dir ja zwei Dinge, die Sache mit der Dankbarkeit besser zu verstehen:

1. Zufriedenheit entsteht dadurch, dass wir die Dinge aus Gottes Hand nehmen und davon ausgehen, dass er weiß, was er tut. „Was du mir gibst, ist gut. Was du mir zuteilst, gefällt mir“, betete David einmal (Psalm 16,5–6; Hfa). Er sagt also zu Gott: „Ich bin froh, wie mein Leben ist, denn du hast es mir geschenkt.“ Natürlich musst du nicht für eine Krankheit oder eine zerbrochene Freundschaft danken. Aber du kannst dennoch dafür danken,

dass Gott trotz dieser Sachen alles in seiner Hand hat und das Beste für dich im Sinn hat.

2. Dankbarkeit ist eine Entscheidung, kein Gefühl. Deshalb kann man auch in schwierigen Situationen dankbar sein. In der Apostelgeschichte (Kapitel 16,25) wird von zwei Männern berichtet, die im Gefängnis sitzen und denen es echt dreckig geht. Trotzdem entscheiden sie sich, dankbar zu sein. Und was passiert? Es sprengt im wahrsten Sinne des Wortes alle Ketten und bewirkt ein Wunder. Nicht immer passiert natürlich gleich ein Wunder, aber eine dankbare Einstellung bewirkt, dass wir innerlich freier und glücklicher werden.

Vers des Tages

Seid reichlich dankbar. (Kolosser 2,7; LU)

Aktion des Tages

Smartphones können nützlich sein, wenn es darum geht, Dankbarkeit zu lernen. Unter „Praybox“ oder „Thankful for ...“ findest du Apps, die dir dabei helfen können, dich daran zu erinnern, wofür du dankbar sein kannst. Oder schreib deine Gründe, dankbar zu sein, einfach jeweils auf einen kleinen Zettel und sammele diese in einem Glas.

Daniel Harter

God's next Topmodel

Du bist wunderbar gemacht

God's Next Top|model: ist der Titel einer himmlischen Castingshow des Senders „Pro Gott7". Die Sendung wird von Gott persönlich moderiert. ☻

„Ich habe heute leider kein Foto für dich!" Wer kennt diesen Satz aus der Sendung „Germany's Next Topmodel" nicht? Heidi Klum ist gemeinsam mit ihrem Team immer wieder neu auf der Suche nach Frauen, die allein aufgrund ihres Aussehens Blicke auf sich ziehen, die eine tolle Figur haben und mit ihrem Lächeln Menschen verzaubern können. Viele Frauen starten am Anfang hoffnungsvoll in das Rennen, doch mit jeder Runde werden es weniger. Am Ende kann nur eine einzige Frau gewinnen. Für alle anderen heißt es irgendwann: „Ich habe heute leider kein Foto für dich!"

Wenn Menschen sich gegenseitig bewerten, wird es ganz schön verwirrend: Von dem einen bekommt man ein Like und von dem anderen ein Dislike. So viele Menschen es gibt, so viele unterschiedliche Geschmäcker gibt es auch. Wenn du Menschen gefallen und dich vom Geschmack anderer bewerten lassen willst, wird es sehr anstrengend. Es kann dann dazu führen, dass du alles dafür tust, um möglichst viele Likes von Menschen zu bekommen. Du fängst an, genauso auszusehen und zu leben wie die anderen, weil du die Anerkennung von möglichst vielen Menschen bekommen willst. Es gibt viele Mädchen und Jungs, die dadurch in ein sehr ungesundes Verhältnis zu ihrem eigenen Körper geraten – ernsthafte Essstörungen, psychische Probleme, Alkoholsucht und andere Krankheiten können die Folge sein.

Die Regeln bei „God's Next Topmodel" sind völlig andere: Für Gott ist jeder Mensch ein Topmodel, ein Meisterwerk. Jedes Mädchen und jeder Junge bekommt von ihm die Auszeichnung „sehr gut". Er liebt dich so sehr, als wärst du der einzige Mensch auf der Welt.

Ich habe mir heute mein Brautkleid gekauft. In wenigen Monaten heirate ich meinen Verlobten. Ich weiß, dass ich in seinen Augen die wunderschönste und einzigartigste Frau bin. Er liebt mich von ganzem Herzen und sagt mir das immer wieder. Weil ich weiß, dass er mich so sehr liebt, freue mich schon jetzt unglaublich darauf, das Brautkleid für ihn anzuziehen und seine strahlenden Augen zu sehen. Ich weiß, dass er mich an diesem Tag umwerfend finden wird. – Warum ich das erzähle? Weil ich dir sagen will: Gott findet dich umwerfend, so wie ein Bräutigam seine Braut. Oder umgekehrt, wie eine Braut ihren Liebsten. Oder wie ein begeisterter Vater seinen Sohn. Bei Gott bist du immer die Nummer 1. Egal, was andere über dich denken oder sagen!

Vers des Tages

Herr, ich danke dir dafür, dass du mich so wunderbar und einzigartig gemacht hast! Großartig ist alles, was du geschaffen hast – das erkenne ich! (Psalm 139,14; Hfa)

Aktion des Tages

Schau dich doch mal im Spiegel an. Magst du dich? Ziehst du dich durch negative Gedanken runter oder begegnest du dir selbst mit Wertschätzung? Wenn es dir schwerfällt, dein Spiegelbild anzuschauen und zu mögen, dann überleg doch mal: Was findest du an dir selbst richtig schön? Deine Augen? Dein Lächeln? Deine Haare? Wofür bist du dankbar? Fang an, regelmäßig Gott dafür zu danken. Und dann nimm irgendwann die zweite Schwierigkeitsstufe in Angriff: Versuche, Gott auch für die Bereiche deines Körpers zu danken, die du vielleicht auf den ersten Blick nicht so gelungen findest. Bitte ihn um Vergebung, wenn du dich selbst fertiggemacht hast. Und vergebe dir auch selbst dafür. Bitte Gott auch, dass du mit deinem Körper Freundschaft schließen kannst. Wenn du mit deinem Körper versöhnt bist, dann wirst du viel mehr Ausstrahlung haben, und Gott freut sich total darüber!

Nelli Löwen

Hippopoto-monstrosesquip-pedaliophobie

Wie du gegen deine Ängste ankämpfen kannst

Hip|po|po|to|mons|tro|ses|quip|pe|da|li|o|pho|bie:
Angst vor langen Wörtern.

Mit 36 Buchstaben ist es eines der längsten deutschen Wörter. Es handelt sich hierbei um ein Kunstwort, das seine eigene Bedeutung ironisch reflektieren soll. Aber es ist nur eine von vielen lustigen Wortkreationen, die sich im Internet tummeln. Sehr interessant finde ich zum Beispiel auch „Arachibutyrophobie" – die Angst, dass Erdnussbutter am Gaumen kleben bleibt, oder „Aelurophobie" – die Angst vor Katzen, „Eisoptrophobie" – die Angst, sich im Spiegel zu betrachten, und „Nomophobie" – die Angst, ohne Mobiltelefonkontakt zu sein.

Diese Ängste klingen vielleicht zunächst einmal lächerlich. Aber wenn du ehrlich bist, dann entdeckst du sicher Ängste, die du auch kennst: die Angst, allein zu sein zum Beispiel. Oder die Angst vor Neuem. Die Angst, ausgeschlossen zu werden. Die Angst vor Gewichtszunahme. Die Angst vor der Schule.

Auch in meinem Leben gibt es ein paar Ängste, die ich nur schwer abstellen kann: Meine Angst, bestohlen zu werden, kommt mit Sicherheit daher, dass mein Auto schon zweimal aufgebrochen wurde, mir bereits zwei Fahrräder geklaut wurden und mein Geldbeutel mehr als einmal in die Hände eines Langfingers geriet. Seither vergewissere ich mich immer zweimal, ob ich die Tür abgeschlossen habe, und kontrolliere ständig, ob mein Geldbeutel und mein Handy noch da sind. Wie die meisten Menschen habe ich auch Angst vor Spinnen. Erst kürzlich habe ich herausgefunden, dass es ein Gerücht ist, dass jeder Mensch in seinem Leben im Schlaf mehrere Spinnen verschluckt. Seither kann ich besser schlafen. Aber nicht alle Ängste lassen sich so einfach besiegen wie diese. Wie schafft man es, seine Ängste loszuwerden und seinen Kopf freizukriegen?

Die Bibel hat eine Antwort, die auf den ersten Blick vielleicht ein bisschen kitschig klingt: „Wo die Liebe regiert, hat die Angst keinen Platz; Gottes vollkommene Liebe vertreibt jede Angst" (1. Johannes 4,18; NGÜ). In diesem Abschnitt geht es zwar um eine ganz besondere Angst, nämlich um die Angst vor dem Gericht Gottes, aber das Prinzip lässt sich meiner Ansicht nach auch auf andere Ängste in unserem Leben übertragen und gibt mir Hoffnung, dass meine Ängste besiegt werden können. Ich habe erlebt: Je mehr ich verstehe, wie sehr Gott mich liebt und dass er täglich auf mich achtgibt, desto kleiner wird meine Angst. Dieses Prinzip kannst du auch auf deine Ängste anwenden. Du hast Angst davor, dick und hässlich zu werden? Neben einem gesunden Lebensstil kannst du diese Angst vertreiben, indem du dich daran erinnerst, dass Gott dich wunderschön und einzigartig geschaffen hat. Er macht keine Fehler. Du hast Angst vor Versagen, Angst, gehänselt zu werden, Angst vor Nähe, Angst vor großen Gruppen? Jede dieser Ängste verliert ihren Würgegriff, wenn die Liebe Gottes hineinkommt, und du dir klarmachst, dass du ein Kind Gottes bist, dass Gott mit dir ist, für dich streitet und dir Kraft und Mut schenkt.

Manche Menschen behaupten ja, Gott sei eine Erfindung für schwache Menschen, damit sie sich an ihm festhalten können. Aber ich glaube, genau das Gegenteil ist der Fall: Die Liebe Gottes macht uns zu starken und unerschrockenen Persönlichkeiten, weil sie unsere Ängste vertreibt.

Möchtest du wissen, was ich gegen meine Ängste ganz konkret tue?

1. Ich erinnere mich an die Wahrheit, die Gott mir zuspricht, und daran, was er alles für mich tut. Also: *Er liebt mich. Er hat das Beste für mich im Sinn.*

2. Ich lerne die Wahrheit auswendig – präge mir bestimmte Bibelverse ein. Zum Beispiel Psalm 91, Vers 11 (Hfa): „Denn Gott hat seine Engel ausgesandt, damit sie dich schützen, wohin du auch gehst. Sie werden dich auf Händen tragen, und du wirst dich nicht einmal an einem Stein verletzen!"

3. Bedroht mich dann eine bestimmte Angst, sage ich mir die Wahrheit, also z. B. diesen Psalmvers, immer wieder auf. Wenn die Angst vor Diebstählen oder vor Unfällen versucht zuzuschlagen, dann erinnere ich mich also daran, dass mein Leben in Gottes Hand liegt und dass er gute Pläne für mich hat.

4. Ich entschließe mich bewusst, meiner Angst keinen Raum in meinen Gedanken zu geben, sondern meine Sorgen und meine Ängste Gott anzuvertrauen.

Ein schlauer Mann hat einmal gesagt: „Von allen Sorgen, die ich mir machte, sind die meisten nicht eingetroffen" (Sven

Hedin). Es macht keinen Sinn, sich zu sorgen, denn Sorgen ändern sowieso nichts. Bloß weil du immer wieder darüber nachdenkst, wie du die Mathearbeit schaffen kannst, verbessert das ja nicht deine Note. Und wenn du darüber grübelst, was morgen alles passieren könnte, wenn du über die Straße läufst, macht das die Überquerung der Straße ja nicht sicherer.

Lass dein Leben nicht länger von Ängsten bestimmen. Die wollen dich nur ausbremsen. Tauche stattdessen Tag für Tag immer mehr in Gottes Liebe ein, und du wirst sehen, wie diese Liebe deine Angst vertreibt.

Vers des Tages

Alle eure Sorgen werft auf ihn, denn er sorgt für euch. (1. Petrus 5,7; LU)

Aktion des Tages

Schreibe deine größten Ängste auf einen kleinen Zettel. 2. Lerne den Vers aus 1. Petrus 5,7 auswendig. 3. Und dann gib deine Sorgen an Gott ab, indem du den Zettel das Klo runterspülst.

Daniel Harter

Blogorrhö

Die Macht der Worte

Blog|gor|rhö: bezeichnet (umgangssprachlich) die sprechdurchfallartige, krank- und zwanghafte Geschwätzigkeit in Blogs.

Eines Tages wurde die Nachtigall krank und sang nicht mehr. Da sagten die Spatzen: „Sie ist nicht krank, sondern nur faul!“ Das verletzte die Nachtigall und sie begann wieder zu singen. „Hatten wir nicht recht?“, sagten die Spatzen. Aber die Nachtigall vergeudete ihre letzten Kräfte und starb. Da zwitscherten die Spatzen: „Warum singt sie denn, wenn sie krank ist?“

Ein arabisches Sprichwort sagt: „Eine Wunde, von Worten geschlagen, ist schlimmer als eine Wunde, die das Schwert schlägt.“ Bestimmt fällt dir sofort jemand in deinem Umfeld ein, der die „Logorrhö“ hat, also „Sprechdurchfall“. Oder an „Blogorrhö“ leidet, also von einer durchfallartigen, im Internet grassierenden Geschwätzigkeit befallen ist. Das sind die, die unter jedem YouTube-Video ganze Romane schreiben, die deinen Facebook-Account sprengen, weil sie alles kommentieren müssen, die ihre Meinung in elend langen Blogs kundtun, und die ganze Welt mit ihrem „Besserwisser-Gelaber“ nerven.

Das Problem ist: Mit unseren Worten oder Internet-Posts können wir Menschen verletzen. Unsere Worte haben eine Macht, die wir oftmals unterschätzen. Wir merken gar nicht, wie wir bei anderen tiefe Wunden schlagen. So wie die Spatzen bei der Nachtigall. „Die Worte mancher Leute sind wie Messerstiche", heißt es im Buch der Sprüche (Sprüche 12,18; GN).

Dazu kommt, dass sich die Blogorrhö schnell und weit verbreitet, weil man im Internet anonym seine Meinung sagen oder auf anderen rumhacken kann, ohne dem anderen dabei ins Gesicht sehen zu müssen. Als Musiker und Prediger habe ich das selbst schon oft erlebt und eine Menge vernichtender Facebook-Posts erhalten, in denen man mich zum Teil öffentlich an den Pranger gestellt hat. Das tut ganz schön weh.

Aber oft genug bin ich es auch selbst, der andere durch das, was er sagt, verletzt. Es ist nicht einfach, zuerst zu denken und dann zu reden. Jakobus hat es ganz treffend gesagt: „Es gelingt dem Menschen zwar, die unterschiedlichsten Tiere zu zähmen – Raubtiere und Vögel, Reptilien und Fische. Sie alle hat der Mensch gebändigt; doch die Zunge kann kein Mensch bändigen. Sie ist ein ständiger Unruheherd, eine Unheilstifterin, erfüllt von tödlichem Gift" (Jakobus 3,7–8; NGÜ).

Gibt es eine Medizin gegen Blogorrhö? Ich habe vor einigen Jahren eine Geschichte von Sokrates gehört, die die meisten Symptome von Blogorrhö bekämpft: Einmal kam ein Freund zu Sokrates und wollte ihm unbedingt etwas erzählen. Doch der weise Mann wollte die Nachrichten nur hören, wenn sie durch alle seine drei Siebe passte. Er fragte den Freund also, ob seine Geschichte wahr, ermutigend und notwendig sei. Falls die Geschichte nicht durch das Sieb der Wahrheit, das Sieb der Ermutigung und das Sieb der Notwendigkeit durchging, wollte er sie gar nicht erst hören.

Am Ende funktioniert es aber nicht, wenn wir immer nur versuchen, uns auf die Zunge zu beißen und krampfhaft unsere Worte kontrollieren. Die Medizin, die wirklich hilft, ist, das Problem an den Wurzeln anzupacken. In der Bibel heißt es, dass eine schmutzige Quelle kein sauberes Wasser hervorbringen kann und ein kranker Baum keine gesunden Früchte (Jakobus 3,9–12). Deshalb ist es so wichtig, dass wir nicht unser Mundwerk bekämpfen, sondern darauf achten, dass unser Herz gesund wird, denn so, wie der Mensch in seinem Herzen denkt, so redet er auch (Matthäus 12,34). Und unser Herz ist und wird nur gesund, wenn Gott immer wieder eine „Herztransplantation" vornimmt. „Ich nehme das versteinerte Herz aus eurer Brust und schenke euch ein Herz, das lebt. Ich erfülle euch mit meinem Geist und mache aus euch Menschen, die nach meinen Ordnungen leben, die auf meine Gebote achten und sie befolgen" (Hesekiel 36,26; Hfa).

Vers des Tages

Lasst ja kein giftiges Wort über eure Lippen kommen! Seht lieber zu, dass ihr für die anderen, wo es nötig ist, ein gutes Wort habt, das weiterhilft und denen wohl tut, die es hören. (Epheser 4,29; GN)

Aktion des Tages

Überlege bei allem, was du heute sagst, postest und schreibst, ob es durch das „Epheser-4-Vers-29-Sieb" durchpasst: Tut es gut und hilft es weiter? Wenn nicht, dann schluck es lieber runter.

Daniel Harter

Botox

Wahre Schönheit kommt von innen

Bo|tox: gilt als einer der beliebtesten Faltenkiller rund um Augen, Nase und Mund. Seine Wirkung beruht darauf, dass er die Nerven der betreffenden Hautbereiche lähmt.

Hast du schon einmal eine alte Frau angeschaut und dir dabei gedacht: „Mensch, ist die hübsch?“ Ich schon. Nicht nur einmal. Es gibt diese alten Damen und Herren, deren Alter absolut gar keine Rolle zu spielen scheint. Sie sind jung geblieben, ihre Augen strahlen. Mit Gott, mit sich und ihren Nächsten sind sie versöhnt und sie tragen die Lebensfreude im Herzen. Das beeindruckt mich! Jemand hat mir mal gesagt, dass man an dem Verlauf der Falten im Gesicht einer alten Person sehen kann, ob sie sorgenvoll durchs Leben gegangen ist oder vertrauensvoll und zufrieden. Also, Lachfältchen erkennt man im Gesicht eines älteren Menschen sehr gut. Und die Sorgenfalten auf der Stirn genauso gut. Ist doch spannend, oder? Es gibt also eine Schönheit, die nicht vergeht und verwelkt! Wer braucht da noch eine Botoxbehandlung, die Falten glättet – durch Spritzen eines starken Nervengiftes?

In 1. Petrus 3,3–4 heißt es sinngemäß: „Nicht der äußerliche Schmuck und angesagte Kleidung soll für euch wichtig sein. Eure Schönheit soll von innen kommen! Schmückt euch mit Unvergänglichem wie Freundlichkeit und Güte. Das gefällt Gott."

Hm – was bedeutet dieser Vers denn für uns heute? Dürfen Mädels nicht mehr shoppen gehen und keinen Schmuck mehr kaufen? Und dürfen Jungs keine coolen Sneakers oder Shirts mehr tragen? Nein, das heißt es nicht! Es ist nichts dagegen einzuwenden, wenn du dich hübsch machst und dich modisch kleidest. Doch die Sache kippt, wenn das äußere Erscheinungsbild zu deiner persönlichen Priorität wird. Wenn Mode und Fitness dir wichtiger werden, als in dein Innenleben, deinen Charakter zu investieren. Die wahre Schönheit hängt nicht in erster Linie von der Figur ab, von der Mode, der Muskelmasse oder der Schminke. Sondern vielmehr vom Zustand deines Herzens. Ist dein Herz gefüllt mit Gottvertrauen oder mit Sorgen und Grübelei? Die Ausstrahlung, die von einem glücklichen Herzen kommt, ist unvergänglich, ganz egal, wie alt der Körper ist.

Doch wie kann man sich denn um seine innere Schönheit kümmern – es gibt ja schließlich keine Kosmetikartikel dafür?! Nein, für die innere Pflege bringt der Gang zum Drogeriemarkt nichts. Und sie benötigt auch weitaus mehr Zeit als einmal duschen oder eincremen. Innere Schönheit ist keine Sache, die mit einem Move abgehakt ist. Ich muss mich bewusst dafür entscheiden, mein Herz zu pflegen. Das geschieht, wenn ich immer wieder Zeit mit Gott verbringe und bei ihm zur Ruhe komme. Wenn ich meinen Stress und meine Sorgen bei ihm loswerde. Wenn ich mich von ihm immer wieder stärken und ermutigen lasse. Wenn ich Jesus in meinem Leben ganz viel Raum gebe und immer wieder nach seinem Willen für mein Leben frage.

Wenn ich mein Herz bewusst auf ihn ausrichte und offen bin für seine Korrektur. Während ich das hier schreibe, stelle ich fest, wie schwierig es ist, die innere Schönheit in Worte zu fassen. Ich finde, Augustinus von Hippo (ein Kirchenlehrer aus der Spätantike) hat es sehr schön formuliert: „In dem Maße, wie die Liebe in dir wächst, wächst auch deine Schönheit; denn die Liebe ist die Schönheit der Seele." Mit anderen Worten: Je mehr wir uns Gott zuwenden wie die Sonnenblumen zur Sonne, umso mehr werden wir strahlen. „Alle, die zu ihm aufschauen, werden strahlen vor Freude!", heißt es in einem Psalm (34,6; NGÜ). Gott selbst macht uns schön. Und damit wird sogar unser Äußeres schön. Ist doch ein toller Nebeneffekt, oder?! ☺

Vers des Tages

Eure Schönheit soll von innen kommen! Schmückt euch mit Unvergänglichem wie Freundlichkeit und Güte. Das gefällt Gott. (1. Petrus 3,4; Hfa)

Aktion des Tages

Nimm dir diese Woche mal bewusst Zeit für deine innere Schönheit. Gönne deiner Seele ein wenig Ruhe, indem du Lobpreis machst oder mit Gott draußen eine Runde spazieren gehst. Oder gemütlich in der Sonne sitzt und in deiner Bibel liest. Was auch immer du tust, um mit Gott Zeit zu verbringen: Das alles investierst du in deine innere Schönheit. Mach es dir zur guten Gewohnheit, und du wirst mit der Zeit merken, wie fröhlich und zufrieden du tief im Herzen wirst.

Nelli Löwen

Instagram

Die Bilder in deinem Kopf

In|sta|gram: Wortschöpfung aus engl. „instant" (Augenblick) und „pictogram" (Piktogramm, Bildnachricht). Auf Instagram sind zurzeit mehr als 130 Millionen User aktiv. Sie haben zusammen ungefähr 16 Milliarden Fotos hochgeladen und liken täglich insgesamt circa eine Milliarde Mal.

„In einem schwarzen Fotoalbum mit 'nem silbernen Knopf bewahr ich alle diese Bilder im Kopf." So singt Sido über die Bilder seines Lebens. Im Video sieht man schöne Kindheitserinnerungen, streitende Eltern, wilde Partys und ein blutendes Selbstmordopfer. Auch wenn Sido sonst nicht mein Lieblingssänger ist, so trifft er mit diesem Song eine tiefe Wahrheit: Dein und mein Kopf sind voller Bilder. Zum einen gibt es die Bilder, die wir sammeln – vielleicht in einem echten Fotoalbum, vielleicht auf unserem Handy oder wir posten sie bei Instagram oder Facebook und hoffen auf viele Likes. Es gibt die Bilder von den Situationen, in denen wir oder andere die Kamera startklar hatten. Meist sind es freudige Ereignisse oder Szenen aus dem Urlaub. Ich liebe es, Bilder anzuschauen oder meinen Freunden stolz meine Urlaubsfotos zu zeigen. Ich habe auch drei richtige

Fotoalben. Die schaue ich gerne durch und denke: *Mann, war ich als Kind fett.* ☺ Aber manche dieser Bilder machen mich auch traurig: Ich sehe Aufnahmen von meinen Großeltern, die mittlerweile tot sind. Oder Bilder aus der Grundschulzeit – von richtig guten Freunden, zu denen ich den Kontakt verloren habe. Und dann gibt es die Bilder mit mir und der Frau, die ich liebte, die aber nicht mehr meine Partnerin ist. Bilder lösen in uns etwas Besonderes aus, viel mehr, als Worte es können. Bilder bringen uns zum Lachen, zum Dahinschmelzen, dazu, wütend zu werden oder loszuheulen.

Und dann gibt es die Bilder, die nur in meinem Kopf existieren: die Nachtwanderung, als ich zehn war, und die mir so tierisch Angst eingejagt hat. Noch heute weiß ich genau, wo das war. Oder ich denke an das Bild hier: Ich fahre auf meinem Fahrradweg zum Büro an einem Krankenwagen, einem kaputten Damenfahrrad und einem weißen Tuch auf der Straße vorbei. Noch heute bewegt mich der Tod dieser unbekannten Frau, und ich denke oft an sie, wenn ich an der Stelle vorbeikomme. Weitere unangenehme Bilder schießen mir in meinen Kopf: mein schimpfender Vater. Der Tag, als in der Schule meine Hose riss. Die ersten pornografischen Bilder, die ich sah. Ein Streit mit meiner Exfrau. Der Abstieg meines Lieblingsfußballvereins ...

Was mache ich mit diesen ganzen Bildern? Besonders mit den unangenehmen? Mein Album könnte ich verbrennen, mit meinem Kopf mach ich das lieber nicht.

Ich habe mir aus der Bibel zwei Ideen geklaut, die etwas mit zwei Tasten zu tun haben. Die eine davon ist die Stopptaste:

STOPP ■

Jesus ist unser Herz sehr wichtig. Er weiß, wie sehr Angst-, Gewalt-, Sex- oder Horrorbilder unserem Herzen schaden können. Oder auch Bilder von falschen Schönheitsidealen. Deswegen haben wir immer die Chance, „Stopp" zu sagen.

„Stopp! Ich schaue keine Horrorfilme, nach denen ich Albträume bekomme."

„Stopp! Ich sehe mir keine Pornos an, die mir ein falsches Schönheits- und Sexbild vermitteln."

„Stopp, ich lese keine Zeitschriften mehr, wo nur ‚perfekte' Körper abgebildet sind und nach deren Lektüre ich mich immer zu dick fühle."

Du kannst fast immer entscheiden, Stopp zu sagen – also entscheiden, ob die Bilder in dein Herz eindringen und ihm schaden oder nicht. Die Bibel will dich dazu ermutigen, auf die Stopptaste zu drücken. Jesus sagt an einer Stelle sogar: „Wenn dein Auge dich verführt, so reiß es aus!" (Markus 9,47). Krass, oder? Diesen Vers muss ich regelmäßig zweimal lesen und denke dann: Meint Jesus das wirklich ernst? Ich habe gelernt: Wenn Jesus so krasse Worte gebraucht, dann ist ihm diese Sache sehr, sehr wichtig.

Die zweite Taste hat etwas mit „neu anfangen" zu tun:

RESET

Reset bedeutet „Neustart" oder „Zurücksetzen". Wie macht man das nun mit den unangenehmen Bildern im Kopf? Wir können sie Gott geben. Mit allen schwierigen, schmerzhaften und falschen Bildern können wir zu ihm kommen. Er wird uns unsere Last abnehmen. Übrigens spricht Gott in der Bibel immer wieder von seiner himmlischen Resettaste: „Seht, ich mache alles ganz neu!“, verspricht er in Offenbarung, Vers 21,5. Zugegeben: Gott löscht nicht alle Bilder in unserem Kopf. Einige werden bleiben. Sie gehören einfach zu unserem Leben dazu. Aber ich habe schon oft erlebt, wie ich mich an viele Bilder, die mich früher belastet haben, plötzlich nicht mehr erinnern konnte, nachdem ich Gott gebeten hatte, sie mir zu nehmen. Bei Gott ist immer ein Neustart möglich. Zum Beispiel durch ein Gebet. Bist du bereit?

Vers des Tages

Dein Auge ist das Fenster deines Körpers. Ein klares Auge lässt das Licht bis in deine Seele dringen, doch ein schlechtes Auge sperrt das Licht aus und stürzt dich in Dunkelheit. (Lukas 11,34; NL)

Aktion des Tages

Schaue mal deine Bilder auf deinem Handy, auf deinem PC, bei Facebook oder Instagram ... in deinem Album durch. Danke Gott für all das Schöne, was er dir geschenkt hat. Und was die unangenehmen Bilder betrifft, da könntest du so beten: „Gott, du kennst die unangenehmen Bilder in meinem Kopf. Du weißt, dass ich Sachen gesehen habe, die nicht gut für mich waren. Es tut mir leid. Bitte hilf mir, die unangenehmen Bilder zu vergessen und erneuere meine Bilder im Kopf.“

Christoph Pahl

Bankdrücker

Bei Gott gehörst du immer dazu

Bank|drü|cker: 1. Person, die – liegend – an einer langen Stange befestigte Gewichte in die Höhe drückt.
2. (umgangssprachlich) Spieler, der meist dauerhaft nicht eingesetzt wird.

Leon spielt eine richtig starke Saison. Er geht in seinem Team voran, fightet, schießt ein Tor nach dem anderen. Der Trainer setzt voll auf seinen Leader. Auch alle Mannschaftskollegen bewundern ihn. Doch dann kommt unerwartet ein neuer Trainer und plötzlich ist alles anders. Er schätzt Leons Fähigkeiten nicht – warum auch immer. Ja, er stellt Leon in den Spielen nicht einmal mehr von Anfang an auf. Leon kann nichts zum Erfolg seines Teams beitragen, stattdessen muss er die Spiele von der Ersatzbank anschauen. Jetzt ist er nicht mehr der Leader auf dem Feld, sondern der Bankdrücker.

Nicht dazugehören. Außenseiter sein. Das gibt es nicht nur im Sport, sondern kommt im ganz normalen Leben leider oft genug vor: Da ist zum Beispiel Lena. Sie hat eine Behinderung. Ihre Klassenkameraden helfen ihr jedoch nicht, sondern lachen sie aus. Oder Ben: Er ist ein toller Kerl. Er hat mit niemandem

Streit und ist immer nett zu allen. Doch obwohl er ein Supertyp ist, ist er einsam. In der eigenen Clique will ihn niemand haben. Alle finden ihn langweilig. So steht Ben oft alleine auf dem Schulhof und ist tieftraurig. Und da ist Janina: Sie glaubt an Gott. Als ihre Freundinnen das mitbekommen, sagen sie, dass das doch voll uncool wäre. An solche Märchen würde doch heutzutage niemand mehr glauben. Lachend rennen sie weg.

Lena, Ben, Janina: Sie alle sind „Bankdrücker". Außenseiter. Menschen, die von den anderen belächelt werden. Nicht dazuzugehören ist extrem schmerzvoll. Denn jeder sehnt sich genau danach: mit im Team zu sein, akzeptiert zu werden.

Auch vor Tausenden von Jahren gab es schon jede Menge Bankdrücker. Die Bibel erzählt viele Storys über Menschen, die nicht gerade auf der Sonnenseite des Lebens standen. Ein berühmtes Beispiel ist David. Er war der Jüngste in der Familie und für alle immer nur „der Kleine". Er musste auf die Schafe und Ziegen aufpassen, weil sich dafür sonst alle anderen zu schade waren. Während die großen Brüder coole Berufe hatten, musste er bei Tag und Nacht auf den Wiesen stehen und schauen, dass keine gefährlichen Tiere die Schafe als Beute holten. David, der belächelte Kleine, der Bankdrücker der Familie, war nur gut genug dafür, sich um die Tiere zu kümmern.

Eines Tages bekam Davids Vater, Isai, überraschend Besuch von Samuel, einem großen Propheten. Gott selbst hatte Samuel zu Isai geschickt, da einer der Söhne Isais der neue König werden sollte. Samuel ließ also alle Söhne von Vater Isai holen. Samuel schaute sie sich der Reihe nach an und suchte sich den größten und stärksten raus. Ein König, durchtrainiert und mit Muskelpaketen – ja, das konnte sich Samuel gut vorstellen. Doch Gott sagte zu ihm: „Lass dich von seinem Aussehen und von seiner Größe nicht beeindrucken. Er ist es nicht.

Denn ich urteile nach anderen Maßstäben als die Menschen. Für die Menschen ist wichtig, was sie mit den Augen wahrnehmen können; ich dagegen schaue jedem Menschen ins Herz" (1. Samuel 16,7; Hfa). Auch die anderen Söhne Isais waren nicht die Auserwählten. Als Isai das kapierte, gab er kleinlaut zu, dass draußen auf der Wiese noch sein jüngster Sohn David wäre. Isai hatte ihn gar nicht erst geholt, weil er dachte, dass der Kleine sowieso niemals das Zeug zu einem König haben würde. Doch als David schließlich vor Samuel stand, sagte Gott: Ja, genau dieser junge Kerl wird eines Tages der neue König sein! David, der vergessene Kleine, wurde später zu einem der größten und mächtigsten Könige, die es jemals gab.

Nicht jeder wird vom Bankdrücker zum König, klar. Aber jeder Bankdrücker ist in Gottes Augen ein Königskind. Ein geliebter, wundervoll geschaffener Mensch. Bei Gott gehörst du dazu – immer! Zu Gott darfst du jederzeit kommen. Er beurteilt dich nicht nach Geschlecht, Hautfarbe, Größe, Gewicht, Coolnessfaktor, Modelmaßen – oder was auch immer Menschen bewerten. Gott wird dich niemals ablehnen. Bei ihm bist du das geliebte Schätzchen. Er will dich. Er traut dir etwas zu. Er hat dich in sein Team gestellt. Bei ihm wirst du niemals auf der Ersatzbank sitzen.

Vers des Tages

Viele, die jetzt einen großen Namen haben, werden dann unbedeutend sein. Und andere, die heute die Letzten sind, werden dort zu den Ersten gehören. (Matthäus 19,30; Hfa)

Aktion des Tages

Wo bist du Bankdrücker, Außenseiter? Wo fühlst du dich ausgeschlossen? Sage Gott im Gebet, wie es dir damit geht und was anders werden soll. Und danke ihm dafür, dass er dich so annimmt, wie du bist.

Kennst du einen Außenseiter – in deiner Klasse? In der Parallelklasse? Oder im Verein? Vielleicht kannst du ihm (ihr) heute etwas Gutes tun und ihm (ihr) vermitteln, dass er (sie) dazugehört.

Stefan Kleinknecht

Dream-Team

Du und Gott – ein Dream-Team?

Dream-Team: perfekt eingespieltes Team.

Wenn ich dich nach den Dream-Teams dieser Welt fragen würde, welche würdest du aufzählen? Vielleicht Bonnie und Clyde, Dick und Doof, Mario und Luigi, Pommes und Majo, Joko und Claas? Oder Peter Pan und Tinker Bell, Ken und Barbie, Schlumpf und Schlumpfine? Oder du und dein bester Freund beziehungsweise deine beste Freundin?

Was macht ein Dream-Team eigentlich zu einem Dream-Team? Was ist das Besondere daran?

Seit einigen Jahren darf ich Teil eines Dream-Teams sein. Unsere erste Begegnung war ein wenig eigenartig. Alles begann so: Ein Freund hatte mich eingeladen, für seine neue CD Gitarre zu spielen und ein Duett mit ihm zu singen. Nachdem ich den Song gesungen und alle Gitarren gespielt hatte, sagte der Produzent zu mir: „Du solltest aufhören, Gitarre zu spielen!" Ich dachte: *Wie kann jemand nur so ehrlich und direkt sein?!* Ein bisschen verletzt war ich schon. Aber sein Satz ging noch weiter: „... du solltest stattdessen unbedingt Sänger werden und ein eigenes Album aufnehmen!" Das wiederum begeisterte mich sehr, denn schon seit Längerem hatte ich darüber nachgedacht, nach der Zeit mit meiner Deutsch-Rockband „Echtzeit" eine eigene Solo-CD zu machen. Der Traum war geboren und einen Produzenten hatte ich nun auch schon gefunden. Das war im Jahr 2007. Mittlerweile sind viele Jahre vergangen und es ist eine tiefe Freundschaft zu meinem Produzenten Martin Denzin entstanden. Vier Alben haben wir bisher ans Tageslicht gebracht.

Wir sind zu einem Dream-Team geworden und ergänzen uns gegenseitig sehr gut mit unseren unterschiedlichen Stärken. Wir können uns aufeinander verlassen, teilen, was wir wissen, und können auf den anderen zählen, wenn es mal nicht so gut läuft.

Hast du solche Leute in deinem Leben? Bist du Teil eines Dream-Teams?

Auch wenn ich die Zusammenarbeit mit Martin sehr schätze, so bleiben wir beide Menschen, die auch mal Fehler machen oder mal einen schlechten Tag haben. Was wäre, wenn es jemanden gäbe, der seinen Part der Beziehung immer zu hundert Prozent erfüllt? Jemanden, der dich nie enttäuscht, der dich nie fallen lässt, einer, der immer hinter dir steht und auf dessen Wort du dich verlassen kannst? Das wäre doch der perfekte Partner für ein Dream-Team, oder?

Sicher hast du erraten, wen ich meine. Gott. Er bleibt treu, auch wenn wir ihm untreu sind; denn er kann sich selbst nicht untreu werden (siehe 2. Timotheus 2,13). In der Bibel geht es von der ersten bis zur letzten Seite um dieses eine Thema: Gott möchte mit dir ein Dream-Team bilden. Dafür hat er dich geschaffen. Als sein Gegenüber.

Du fragst dich, wie das praktisch funktioniert? Wie du mit Gott in einem Team spielen kannst? Also, es ist wie in der Beziehung zu meinem Produzenten: Ich musste ihn fragen, ob er mit mir ein Team bilden möchte, und ich musste mich mit jeder neuen CD-Produktion wieder erneut darauf einlassen und darauf vertrauen, dass er mich nicht enttäuscht. Das Gleiche gilt für dich und Gott: Lade ihn ein, mit dir ein Team zu bilden, und du kannst sicher sein, dass er einsteigt, denn Jesus sagt: „Wer zu mir kommt, den werde ich nicht hinausstoßen" (Johannes 6,37; LU). Und dann vertrau ihm, dass er für dich da ist, für dich einsteht, dir Kraft schenkt und nicht von deiner Seite weicht.

Vers des Tages

Zwei sind allemal besser dran als einer allein. Wenn zwei zusammenarbeiten, bringen sie es eher zu etwas. Wenn zwei unterwegs sind und hinfallen, dann helfen sie einander wieder auf die Beine. Aber wer allein geht und hinfällt, ist übel dran, weil niemand ihm helfen kann. (Prediger 4,9–10)

Aktion des Tages

Jedes Team aus zwei Menschen hat Stärken und Schwächen, aber oftmals ergänzen sie sich gegenseitig gut. Schreibe drei Dinge auf, in denen du nicht so gut bist. Und drei Dinge, in denen du gut bist und deinen Dream-Team-Partner unterstützen kannst.

Dann überleg mal, wie Gott als dein bester Dream-Team-Partner dir bei deinen Schwächen und Problemen helfen könnte – und bitte ihn darum, dich zu unterstützen.

Daniel Harter

Flatrate

Wo du die Fülle des Lebens findest

Flat|rate: engl. flat rate für „Pauschaltarif" oder „Pauschale", auch flat fee für „Pauschalgebühr" oder „Grundgebühr". Kurzform: Flat.

Knusprige Pommes, gegrillter Fisch, duftendes Gyros, knackige Salate, vier verschiedene Puddings, frisches Obst ... Na, bekommst du Hunger? Das alles hatte ich letztens auf einer Fähre im „All you can eat"-Restaurant vor mir. Ich hatte totalen Hunger und stürzte mich auf das reichhaltige Essen. Das war das Paradies! Mein Teller füllte sich und ein zweiter und dritter Gang waren auch noch drin ... Eigentlich war ich ja satt, aber aß trotzdem weiter, es kostete ja nicht mehr und das musste ich unbedingt ausnutzen. Aber irgendwann ging dann gar nix mehr. Der Gedanke an noch mehr Pommes ekelte mich schon fast. Mein Bauch tat weh und meine Hose spannte. Ich surfte im Internet (natürlich Flatrate) und sah in den Nachrichten hungernde Flüchtlinge. Willkommen, Schuldgefühl. Aber lecker war das Büfett schon!

Welche Flatrate oder welches All-inclusive-Angebot hast du zuletzt genutzt? Vermutlich das WLAN zu Hause, deinen

Smartphone-Flatrate-Tarif und Muttis Kühlschrank. Oder? Wie fühlst du dich beim „Flatraten“? Gut? Befriedigt? Frei?

Die Grenzen von Flats zeigen sich dort, wo sie deutlich Schaden verursachen. Zum Beispiel beim „Flatrate-Saufen“ – also beim Alkoholkonsum, bis man ins Koma fällt. Oder beim Endlossurfen: wenn man vom PC überhaupt nicht mehr loskommt, man keine Hobbys mehr hat und seine Freunde nur noch virtuell trifft. Da stellen sich so einige Fragen: Wann ist es „zu viel des Guten“? Macht der Überfluss mich wirklich freier? Ist es gerecht, wenn ich so viel essen kann, bis es mir hochkommt, wenn andere zu wenig haben?

Hast du dir schon mal die Frage gestellt, ob es bei Gott eine Flatrate gibt? Ich hab schon mal drüber nachgedacht – und in der Bibel jede Menge Interessantes zum Thema Flatrate gefunden.

Also, zunächst lese ich dort die Aussage, dass es Gott ist, der immer wieder Überfluss schenkt. „Gott wird dafür sorgen, dass du Güter im Überfluss hast“, heißt es in 5. Mose 28,11. Die Menschen zu der Zeit, in der die Israeliten lebten, kannten echten Mangel. Sie hatten nicht immer genug zu essen, frisches Wasser oder Kleidung. Für sie war es klar: „Wenn wir mehr als genug haben, dann ist das ein Gottesgeschenk – ein Beweis der großen Gnade und Liebe Gottes.“ Ich denke zurück an den Bratenduft im Restaurant oder an meine lange Dusche heute Morgen. Ja, ich habe Überfluss und ich darf ihn als Gottes Geschenk genießen! Das nächste Mal singe ich Loblieder für Gott am „All you can eat“-Büfett ... (Oder vielleicht doch lieber unter der Dusche.) Ja, ich will dankbar sein für den Überfluss, den ich habe.

Auf der Suche nach dem Thema „Flatrate in der Bibel“ bin ich dann im Neuen Testament auf die Geschichte von Jesus in der Wüste gestoßen. 40 Tage lang hat der Sohn Gottes damals in der Wüste verbracht, und bekam dort auch ein recht verlockendes Flatrate-Angebot. Der Teufel bot ihm die „Weltherrschafts-Flatrate“ an. Er zeigte Jesus die ganze Welt und bot ihm an: „Alles soll dir gehören.“ Also, wenn ich Jesus wäre, ich hätte vermutlich gesagt: „Na klar, Weltherrschaft, das gefällt mir.“ Jesus ist jedoch schlauer als ich, und er hat auch noch hingehört, was der Teufel weitersagte: „Bedingung ist, dass du dich vor mir niederwirfst und mich anbetest.“ Jesus musste hier keinen Moment überlegen: Er wusste eh schon, dass er die Macht über die Welt hat. Er wusste auch, dass man mit dem Bösen keinen Deal macht. Und am klarsten war ihm: Ich bete niemanden an als Gott allein (alles nachzulesen in Lukas 4,1–13). Von Jesus kann ich lernen, dass hinter jedem Überflussangebot auch eine Versuchung oder ein Fehler steckt: Wenn ich auf Dauer zu viel esse, werde ich krank. Wenn ich zu viel Alkohol trinke, wird mein Körper für immer geschädigt. Wenn ich nur noch im Netz oder vorm Handy sitze, verliere ich meine Freunde und den Bezug zur Realität. Überfluss kann ein Gottesgeschenk oder ein Fluch sein. Und einen Zusammenhang kann ich hier nicht unerwähnt lassen: Für meinen Überfluss (an Nahrung oder billiger Kleidung etwa) leiden woanders Menschen. Was kann man daran ändern?**

Und schließlich stieß ich auf bei meiner Flatrate-Bibelrecherche auf den Apostel Paulus, der viele Briefe im Neuen Testament verfasst hat. Paulus schrieb an die Gemeinde in Philippi Folgendes: „Ich kann in Armut leben und mit Überfluss umgehen. Ich bin in alles eingeweiht. Ich weiß, wie es ist, satt zu sein oder zu hungern; ich kenne Überfluss und Mangel. Durch den, der mich

** Das ist ein eigenes Thema. Mehr Infos dazu findest du zum Beispiel bei der Micha-Initiative, www.micha-initiative.de.

stark macht, kann ich in allem bestehen" (Philipper 4,12f). Er sagt damit also: „Egal, wie du lebst, es klappt alles eh nur, wenn du mit Jesus unterwegs bist." Das Wichtigste ist nicht die Handy-Flatrate oder der volle Kühlschrank. Das Wichtigste ist, dass du Gottes Zusage kennst: „In Jesus ist die Fülle des Lebens" (nach Kolosser 2,9). Das bedeutet nicht, dass es bei Gott eine Glücks-Flatrate gibt. Aber es gibt eine „Ich bin bei dir"-Flatrate, eine „Gnaden-Flatrate", eine „Über-den-Tod-hinaus-Leben-Flatrate", eine „Liebes-Flatrate" ...

Es ist nicht wichtig, dass du alles hast, was die Welt dir bietet. Die Frage ist: Sagst du Ja zum Flatrateangebot, das Jesus dir macht?

Vers des Tages

Denn in Christus lebt die Fülle Gottes in menschlicher Gestalt, und ihr seid durch eure Einheit mit Christus damit erfüllt. (Kolosser 2,9; NL)

Aktion des Tages

Wie wäre es, wenn du heute mal bewusst auf etwas verzichtest? Zum Beispiel auf dein Smartphone? Oder mal nur Obst isst? Oder einen Tag lang keine elektronischen Geräte nutzt? Du wirst merken, wie abhängig du von vielen Sachen bist und mit wie wenig man trotzdem glücklich sein kann.

Christoph Pahl

Bibletunes

Die Bibel – Gottes Liebesbrief an dich

bi|ble|tunes: kostenloser Bibelpodcast zu verschiedenen Büchern und Themen der Bibel.

Mit 14 Jahren kam ich das erste Mal in Berührung mit diesem Zeug. Ein Freund hatte mir den Stoff mitgebracht – und da war es auch schon passiert. Es ging so schnell. Einmal probiert und ich kam nicht mehr davon los. Ich konnte einfach nicht mehr ohne. Jeden Tag brauchte ich mehr davon, bis ich schließlich das ganze Ding bis zum Ende durchgezogen habe. Ich weiß noch genau, wie glücklich ich war! Warum hatte mir bis dahin niemand erzählt, dass es so etwas gibt? Ein Buch, das mein ganzes Leben auf den Kopf stellt. Ein Buch von Gott. Die Bibel!

Mittlerweile habe ich die Bibel in den letzten 33 Jahren schon unzählige Male gelesen und sie ist mir nie langweilig geworden – echt nicht. Du bist jetzt vielleicht ziemlich skeptisch. Denn eigentlich ist die Bibel ja viel zu dick, als dass man sich motivieren könnte, sie komplett durchzulesen, nicht wahr? Aber ich bin beim Bibellesen noch nicht vor Langeweile gestorben, weil ich die Erfahrung gemacht habe: Die Bibel lebt. Sie ist ehrlich. Durch sie spricht Gott zu mir. Sie verändert mich und lenkt mich in die richtige Richtung. Und das brauche ich dringend. Immer wieder.

Doch warum lesen sehr viele Menschen überhaupt nicht in der Bibel, fragte ich mich. Also habe ich mal eine kleine Umfrage gemacht. Die einen sagten mir, sie hätten keine Zeit, die anderen keine Lust. Wieder andere beklagten sich, die Bibel sei so schwer zu verstehen. Nachdem sich mein erster Frust darüber gelegt hatte, kam mir eine Idee. Gott schenkt mir sozusagen eine Vision: Was wäre, wenn ich den Menschen die Bibel einfach vorlesen würde, Stück für Stück? Jeden Tag eine Portion Bibel und dazu eine kleine Erklärung?

Im Mai 2010 startete ich dann einen Podcast und nannte ihn „bibletunes – die Bibel im Ohr". „Tunes" kommt von „to tune" und bedeutet einfach „Melodie" (wie zum Beispiel bei iTunes). „Tuning" kann aber auch bedeuten: „etwas auf gleiche Wellenlänge bringen". Mein Ziel war es also, durch Bibletunes Menschen mit Gottes Wort auf gleiche Wellenlänge zu bringen. Bibletunes sind also Inspirationen und Impulse zu verschiedenen Bibeltexten, die auf modernen Medien zu hören sind. Seitdem hat jeder die Möglichkeit, die Bibel zu hören.

Welche Beziehung hast du zur Bibel? Findest du sie spannend oder eher öde? Stell dir doch mal vor, dass sie ein dicker Liebesbrief Gottes an dich ist. Du wirst vielleicht nicht immer alles verstehen. Manches ist schwer verdaulich oder langatmig. Aber das ist völlig normal. Wichtig ist, dass du nicht aufgibst. Denn Gott redet durch die Bibel zu dir. Und weil das, was er dir sagen will, wichtig ist für dich, solltest du das nicht verpassen. Manchmal ist es vielleicht so, dass du dir nichts Konkretes mitnehmen kannst aus dem Text, den du gerade gelesen hast.

Aber wusstest du, dass Bibellesen eine Langzeitwirkung in deinem Leben hinterlässt? In einigen Monaten wirst du zurückschauen und feststellen: So oft dachtest du, alles wäre umsonst gewesen. Und doch hat Gottes Wort dein Leben – ohne dass es dir richtig bewusst geworden ist – zum Guten und Positiven verändert, dich erfrischt, neu auf Jesus fokussiert und sich für immer eingebrannt in deinem Herzen. Dort lenkt, unterstützt und schützt es jetzt deine Gedanken, Wünsche und Gefühle – und du erlebst mehr und mehr, wie Gott dich verändert.

Vers des Tages

Denn alles, was in der Schrift steht, ist von Gottes Geist eingegeben, und dementsprechend groß ist auch der Nutzen der Schrift: Sie unterrichtet in der Wahrheit, deckt Schuld auf, bringt auf den richtigen Weg und erzieht zu einem Leben nach Gottes Willen. So ist also der, der Gott gehört und ihm dient, mit Hilfe der Schrift allen Anforderungen gewachsen; er ist durch sie dafür ausgerüstet, alles zu tun, was gut und richtig ist. (2. Timotheus 3,16–17; NGÜ)

Aktion des Tages

Lies dir den Bibeltext noch mal ganz langsam durch und schreibe auf, welchen Nutzen das Bibellesen für dich hat, wenn du regelmäßig in der Bibel liest! Und wenn du magst (oder falls du Mühe hast, die Bibel zu *lesen*), dann schau doch mal bei bibletunes.de vorbei und höre dir einen der Podcasts an.

Detlef Kühlein

Big Mac

Du bist, was du isst

Bic Mac: Erstmals 1968 auf dem amerikanischen Markt eingeführt als Antwort auf die Werbeinitiative von Burger King „Je größer der Burger, desto besser der Burger" für ihren Whopper.

Nix gegen einen Bic Mac oder eine Portion Chicken McNuggets. Aber ständig nur Pommes, Currywurst, Chips essen – und dann möglicherweise einen Marathon laufen? Also, ich schätze mal, das funktioniert nicht. Durch permanente ungesunde Ernährung nimmt man zu, das Krankheitsrisiko steigt, man ist immerzu müde und schon gar nicht fit – logisch. Menschen, denen Fitness und Sport wichtig sind, achten deshalb darauf, sich ausgewogen zu ernähren. Die Ernährung spielt eine große Rolle, wenn man sich für einen Marathon oder einen anderen sportlichen Wettkampf vorbereitet. Aber was wir essen, hat auch einen großen Einfluss darauf, wie fit wir im Alltag sind.

Das Leben als Christ kann man gut mit einem Marathon vergleichen. Der Apostel Paulus jedenfalls scheint dieses Bild aufgegriffen zu haben: „Eins aber sage ich: Ich vergesse, was dahinten ist, und strecke mich aus nach dem, was da vorne ist, und jage nach dem vorgesteckten Ziel, dem Siegespreis der himmlischen Berufung Gottes in Christus Jesus“ (Philipper 3,13 f; LU). Paulus hatte sein Lebensziel deutlich vor Augen: die Begegnung mit Jesus Christus im Himmel. Bis dahin wollte er alles dransetzen, verschiedene Situationen zu nutzen, um Menschen von Jesus zu erzählen. Er wollte, dass auch andere ganze Sache mit Jesus machen. Weil Paulus sein Ziel klar vor Augen hatte, gestaltete er auch sein Leben danach: Er investierte viel in seine Beziehung zu Gott und studierte die Thora und weitere Schriften (zu seiner Zeit gab es unsere heutige Bibel ja noch nicht. Die Thora sind unsere heutigen fünf Bücher Mose). Paulus entschied sich sogar, nicht zu heiraten, um so viel Zeit wie nur möglich dafür zu verwenden, Menschen von Jesus zu erzählen. Krass, oder?!

Wenn man ein klares Ziel vor Augen hat, braucht man wie ein Sportler eine gute Vorbereitung – damit man Hindernisse auf dem Weg überwinden und tatsächlich bis zur „Ziellinie“ durchhalten kann. Was brauchst du also, damit dein persönlicher Glaube an Gott stärker wird und dich auch in schwierigen Zeiten tragen kann?

1. Vertraute Gemeinschaft mit Gott

Nichts geht über die Gemeinschaft mit Gott. Du brauchst persönliche Zeiten mit ihm, in denen du ganz bei ihm bist. In denen du dich bei ihm ausruhen, dich von ihm ermutigen lassen kannst. Zeiten, wo du mit ihm feiern, mit ihm trauern kannst. Dabei ist es erst einmal nicht so wichtig, ob du dir bewusst die Zeit zum Lesen in der Bibel nimmst oder ob du eine intensive Gebetszeit hast. Oder auch nur einfach mit offenen Augen durch den Tag gehst und ihn immer wieder bittest, dir doch Momente zu schenken, in denen du seine Liebe weitergeben kannst. Bei Gott darfst du sein, wie du bist, und dich in seinen Armen geborgen wissen. Er hat nur Gutes mit dir im Sinn und will nur dein Bestes. An jedem Tag und in jedem einzelnen Augenblick. Diese Zeiten bei Gott werden dich innerlich stärker machen. Du wirst erleben, dass dir die Meinung anderer Menschen immer unwichtiger wird und du viel mehr darauf zählen kannst, was Gott über dich denkt, wie er dein Leben bewertet. Und allein darauf kommt es letztendlich an!

2. *Erfahrungen mit Gott*
Wenn es in der Freundschaft zu deinem Freund/deiner Freundin bisher noch keine Herausforderungen gab, wenn ihr noch keine Probleme miteinander besprochen habt, kann man nicht davon sprechen, dass es eine sehr tiefe Freundschaft ist. Vielleicht ist es eine lockere „Mit dir kann ich Spaß haben"-Freundschaft. Aber keine „Dich kann ich auch um drei Uhr morgens anrufen, wenn ich mich ausheulen muss"-Freundschaft. Erst durch gemeinsam gestemmte Herausforderungen, gemeinsame Erlebnisse und ein gegenseitiges Vertrauen wächst eine Freundschaft und wird tiefer. Und das ist die Voraussetzung dafür, dass sie auch eine nächste Herausforderung „überleben" wird.

Genauso ist es auch mit Gott. Wenn du Gott in deinem Leben schon als zuverlässigen Begleiter erlebt hast, gerade in schwierigen Zeiten deines Lebens, dann wirst du mit Sicherheit auch in Zukunft auf ihn zählen. Denn du hast hautnah erfahren: „Mit meinem Gott kann ich über Mauern springen" (nach Psalm 18,30). Diese Erfahrung verändert dann deinen Glauben immer mehr: Sie lässt ihn stärker werden.

3. *Inspiration*
Immer wieder brauchen wir auch „Aha-Effekte" im Glauben. Wenn wir neue Facetten von Jesus erkennen und sein Wesen

ein Stückchen mehr erfassen, weitet das unsere Sicht auf Gott und begeistert uns neu für ihn. Einen Aha-Effekt kannst du auf unterschiedliche Weise bekommen: durch die Predigt im Gottesdienst, die dich tief berührt; durch ein gutes Gespräch mit deinem Freund oder Jugendleiter; durch einen Podcast oder einen Instagram-Post mit einem tollen Gedanken. Oder auch durch ein Erlebnis im Alltag, das dir vielleicht einen Aspekt in deiner Beziehung zu Gott spiegelt. Lass es zu, dass Gott dich in deiner Zeit mit ihm durch Predigten oder durch Begegnungen mit Menschen im Alltag inspiriert. Öffne dein Herz dafür, dass Gott deinen Glauben prägen kann!

Die Gemeinschaft mit Gott, Erfahrungen, die du mit ihm machst, sowie Aha-Erlebnisse im Glauben sind also die Lebensmittel, die deinen Glauben in Schwung halten und dir dabei helfen, auch in schwierigen Zeiten an Gott dranzubleiben. Die richtige Ernährung wird deinen geistlichen „Körper" mehr und mehr verändern: Du wirst fitter und kommst vorwärts. Mach also in deinem Glaubensleben Platz für die wirklich nahrhaften Sachen! Ich versichere dir: Sie schmecken auch sehr gut. Mindestens so gut wie Himbeereis mit Sahne.;-)

Vers des Tages

Eins aber sage ich: Ich vergesse, was dahinten ist, und strecke mich aus nach dem, was da vorne ist, und jage nach dem vorgesteckten Ziel, dem Siegespreis der himmlischen Berufung Gottes in Christus Jesus. (Philipper 3,13 f.; LU)

Aktion des Tages

Nimm dir doch mal einen Moment Zeit, um dir zu überlegen, ob du dich und deinen Glauben mit ungesunden Sachen fütterst. Verbringst du vielleicht zu wenig Zeit mit deinem Papa im Himmel? Bekommst du mehr und mehr das Gefühl, dass der Glaube sowieso nicht tragfähig ist? Dann überlege dir doch mal, wie du in den entsprechenden Bereichen „nachlegen" und was du ganz konkret in deinem Alltag ändern kannst und willst. Fang ganz klein an. Auch die kleinen Dinge sind große Dinge, weil sie im Alltag einen Unterschied machen. Erinnere dich immer daran, dass Gott selbst dich unterstützen wird!

Nelli Löwen

Knicklichter

Sei ein Licht für andere

Knick|licht: chemisches Leuchtmittel, das auf dem Prinzip der sogenannten „Chemolumineszenz" beruht („Lumineszenz": Lichtstrahlung). Verwendung: auf Partys, als Notbeleuchtung, Markierung auf Nachtwanderungen.

Es war ein erhabener Moment, den ich so schnell nicht vergessen werde. Ich hatte bei einem großen Jugendgottesdient gepredigt und die Zuhörer konnten sich als Antwort auf die Predigt ein Knicklicht nehmen, dieses knicken und leuchten lassen. Nach wenigen Minuten leuchteten ungefähr 1 000 Knicklichter in der Halle auf – ein Symbol dafür, dass jeder Einzelne da, wo er steht, die Dunkelheit ein wenig heller macht. Als ich mich umschaute, wurde mir bewusst, dass ich nicht das einzige kleine Licht in dieser Welt bin, sondern dass noch viele, viele andere mit mir leuchten und wir gemeinsam Großes bewegen können.

Seither verbinde ich Knicklichter mit dieser Symbolik: Wir können ein Licht im Dunkeln sein. Unser noch so kleines Lämpchen macht einen Unterschied in dieser Welt. Jesus kannte zwar keine Knicklichter, doch er sagte einmal: „Ihr seid das Licht für die Welt. Eine Stadt, die auf einem Berg liegt, kann nicht verborgen bleiben. Auch zündet niemand eine Lampe an, um sie dann unter einen Topf zu stellen. Im Gegenteil, man stellt sie auf den Lampenständer, damit sie allen im Haus Licht gibt. Genauso muss auch euer Licht vor den Menschen leuchten: Sie sollen eure guten Taten sehen und euren Vater im Himmel preisen" (Matthäus 5,14–16; GN).

Manchmal ertappe ich mich beim Tagträumen dabei, wie ich darüber nachdenke, eines Tages ganz viel Gutes tun zu wollen. Dabei vergesse ich, dass ich schon hier und heute ein Knicklicht im Alltag sein kann! Ich vergesse, dass ich schon jetzt genau an dem Ort bin, an den Gott mich gestellt hat, damit ich ein Licht und eine Ermutigung für andere sein kann. Es ist kein Zufall, dass du in genau dieser Klasse gelandet bist, du genau in diesem Sportverein bist, in dieser Familie, in dieser Freundschaft. Gott hat dich dort hingestellt, und dein Licht kann anderen dabei helfen, ihren Weg zu finden. Vielleicht denkst du: Was kann ich denn schon bewirken? Aber du leuchtest automatisch, wenn du nicht für dich, sondern für andere lebst: ein Lächeln, ein ermutigendes Wort, eine „Ich denk an dich"-WhatsApp-Nachricht, dein respektvoller Umgang mit dem Lehrer, dein Beitrag zum Umweltschutz, ein Gebet für deine Mitschüler ... All dies kann wie ein leuchtendes Knicklicht sein.

Wenn ich eine „Leuchte" für Jesus sein möchte, dann bedeutet das auch, dass ich zuerst einmal „geknickt" werden muss, um zu leuchten: Es kostet mich etwas, wenn ich leuchte: die Überwindung des inneren Schweinehundes. Oder Zeit. Manchmal auch Geld oder Gegenwind durch andere, denen das, was du tust, vielleicht nicht gefällt. Natürlich bedeutet „geknickt werden" nicht, dass dein Glaube nur echt ist, wenn es wehtut oder du immer den untersten Weg gehst. Aber es ist schon interessant, dass viele Menschen in der Bibel erst dann so richtig angefangen haben zu leuchten, wenn sie in Schwierigkeiten steckten. Zum Beispiel Josef, der – auch wenn seine Brüder ihn an einen Sklavenhändler verkauft haben – ihnen später in einer Hungersnot geholfen hat.

Wenn also gerade unschöne oder knifflige Dinge in deinem Leben passieren, wenn du im wahrsten Sinne „geknickt“ bist, dann vertraue Gott. Er wird dir helfen, dass dein Glaube trägt und leuchtet (manchmal, ohne dass es dir bewusst wird).

Aber ganz gleich, in welcher Situation du gerade steckst: Stelle dich ihm zur Verfügung, lass dich von ihm gebrauchen, ein Licht in deiner Umgebung zu sein!

Vers des Tages

Löst die Fesseln der Menschen ... Gebt den Hungrigen zu essen, nehmt Obdachlose bei euch auf ... Helft, wo ihr könnt, und verschließt eure Augen nicht vor den Nöten eurer Mitmenschen! Dann wird mein Licht eure Dunkelheit vertreiben wie die Morgensonne. (Jesaja 58,6–8; Hfa)

Aktion des Tages

Knicklicht-Challenge: Kauf dir einen Pack Knicklichter und befestige an jedem einen Zettel mit einer kleinen Aufgabe. Zum Beispiel: „Verschenke eine Umarmung“, „backe für jemanden einen Kuchen“, „schreib deiner Oma eine Postkarte“ usw. Verteile die Knicklichter (mitsamt den Aufgaben) in deinem Freundeskreis und erkläre ihnen, dass sie, solange ihr Knicklicht leuchtet, diese Aufgabe erfüllt haben müssen. Du wirst sehen: Euer Licht wird leuchten!

Daniel Harter

Chill-out-Zone

In Gottes Nähe entspannen

Chil|len: engl. für kühlen, abkühlen; im amerikanischen Slang: sich beruhigen, entspannen, abhängen. Bücher, die „chillen" im Titel führen: „Chillen mit Jesus", „Und Gott chillte".

Kennst du das Gefühl, einfach keinen Bock mehr auf das Leben zu haben? Wegen all der vielen Herausforderungen, Verpflichtungen, Schwierigkeiten oder traurigen Dinge? Ich schon. Dann habe ich den starken Wunsch, einfach nur abzuhauen. Weg von allen Menschen. Irgendwohin, wo es schön ist. Wo ich mich entspannen kann, wo ich *ich* sein kann.

Ich stand einmal vor einer wichtigen Entscheidung in meinem Leben und wusste einfach nicht, was ich tun sollte. Mein Herz tat so weh und ich war müde. In dieser schwierigen Zeit fuhr ich zum Gottesdienst. Auf dem Weg dorthin betete ich: „Hey Gott, bitte begegne mir heute besonders intensiv. Ich brauche dich so sehr. Bitte zeig dich mir." Voller Erwartung ließ ich mich auf den Gottesdienst ein. Irgendwann begann die Lobpreiszeit und die Band sang die Zeile: „Er hat auf dich gewartet, sich Tag für Tag nach dir gesehnt." Plötzlich hatte ich ein Bild vor Augen. Ich sah, wie ich ganz allein im dunklen Wald unterwegs war. Ich konnte kaum etwas erkennen und setzte vorsichtig einen Fuß vor den anderen. Dann auf einmal erkannte ich in der Dunkelheit etwas weiter weg ein hell erleuchtetes Haus. Es verbreitete eine ganz heimelige Atmosphäre. Mir wurde sofort klar, dass das Gottes Haus ist und dass er darin wohnt. Sein Haus lud mich ein hineinzukommen. Ich wusste: Das ist Gottes „Chill-out-Zone". Bei ihm bin ich willkommen. Er wartet auf mich und will so gerne Zeit mit mir verbringen. Bei ihm darf ich zur Ruhe kommen, über meine Fragen reden. Mich von ihm verwöhnen lassen ... In seinem Haus bin ich sicher und geborgen, dort kann mir nichts passieren!

Immer wieder erinnert mich dieses Bild daran, dass Gott jederzeit auf mich wartet. Das gilt natürlich auch für dich! Ganz egal, was du gerade erlebst, ob dein Herz gerade richtig wehtut oder du einfach überfordert bist vom übervollen Terminkalender: Geh zu Gott und genieße seine Nähe. Im Psalm 23, dem wohl bekanntesten Psalm der Bibel, gibt es einen Vers, in dem vom „Haus Gottes" die Rede ist: „Deine Güte und Liebe werden mich begleiten mein Leben lang; in deinem Haus darf ich für immer bleiben" (Hfa). Der Songwriter dieses Psalms ist David, der vielleicht bekannteste Liederdichter aller Zeiten. Er hat erfahren, dass er bei Gott aufatmen kann und in jeder Lebenslage bei ihm willkommen ist. Er fühlt sich getragen von seinem liebevollen Vater, dessen Haus immer für ihn offen steht.

Ist das nicht eine wundervolle Aussicht? Gott will auch dich mit seiner Liebe begleiten, und dir das geben, wonach du dich sehnst: Liebe, Annahme, Geborgenheit. Im Grunde ist das so etwas wie eine Lebensversicherung. Dir kann keine Sache der Welt etwas anhaben, solange du ganz nah bei Gott bist.

Vers des Tages

Kommt alle her zu mir, die ihr euch abmüht und unter eurer Last leidet! Ich werde euch Ruhe geben. (Matthäus 11,28; Hfa)

Aktion des Tages

Male dir für diese Woche ein kleines Haussymbol auf deine Hand, das dich daran erinnern soll, dass du in Gottes Haus willkommen bist. Wenn du Hilfe von Gott brauchst: Renn zu ihm. Und wenn du bei ihm einfach nur mal chillen willst: Er wartet schon auf dich. Bei ihm bist du immer herzlich willkommen!

Vielleicht findest du das Bild mit dem Haus für dich nicht so passend. Dann überlege dir doch mal, wie dein persönlicher Traumort aussieht. Ist es eine einsame Insel, wo du mit Gott abhängen willst? Oder ein Café, wo du mit Gott einen Latte macchiato trinken willst? Mal dir ein entsprechendes Symbol auf die Hand und genieße immer wieder die vertraute Zeit mit deinem Vater im Himmel.

Nelli Löwen

Brennholz-verleih

Miteinander reden statt übereinander

Brenn|holz|ver|leih: laut einer Internetseite eine der 50 besten kürzesten Witze.

Was würdest du denken, wenn du an einem Laden ein Schild mit der Aufschrift „Brennholzverleih" siehst? Für mich würde das erst mal klingen, als wär das eine Abzocke. Brennholz verleihen?! Das macht doch keinen Sinn, das kann man doch gar nicht zurückbekommen. Aber dann habe ich mal weitergedacht. Vielleicht gibt es ja Menschen, die Asche sammeln? Man verleiht Holz – und bekommt dann die Asche zurück. Oder vielleicht werden die Brennholzscheite ja als Dekoobjekte verliehen – weil es Menschen gibt, die ihre Hauswand eine Zeit lang damit dekorieren wollen ...

Meine Überlegungen (auch wenn sie ein wenig absurd sind, ich weiß), führen mich zu einer tiefen Wahrheit: Meine Sicht auf Dinge muss nicht immer die richtige sein. Jeden Tag fälle ich andauernd Urteile. Gut. Böse. Richtig. Falsch. Lustig. Langweilig.

Lecker. Eklig. Egoistisch. Nett. Hübsch. Hässlich. Und so weiter. Ich entscheide stets aus meiner Sicht. Und das ist auch wichtig. Dass wir Menschen und Situationen einschätzen können, ist ein wichtiges Überlebensmuster. Ich muss ja relativ schnell entscheiden können, ob mein Gegenüber mein Freund oder mein Feind ist, ob er mich möglicherweise betrügen will, ob das Essen giftig (Fliegenpilze) oder lecker (Döner) ist. Und schnelle Urteile zu fällen, ist bis zu einem gewissen Maß auch etwas Gutes. Schwierig wird es, wenn ich meine Wahrnehmung zur Wahrheit für alle mache. Nur weil ich eine Frau nicht attraktiv finde, bedeutet das noch lange nicht, dass das alle so sehen. Wenn ich jemanden nicht lustig finde, dann ist das meine Meinung – und andere lachen sich vielleicht kaputt. Deshalb ist es nicht okay, wenn ich über andere lästere, einfach Urteile von anderen übernehme, ohne sie selbst zu prüfen – und sie weiterverbreite. Jesus hat uns eine klare Warnung mitgegeben: „Richtet nicht, damit ihr nicht gerichtet werdet! Denn so wie ihr über andere urteilt, wird man auch euch beurteilen, und das Maß, mit dem ihr bei anderen messt, wird auch euch zugemessen werden"(Matthäus 7,1–2; LU). Jesus weiß, wie das Herziehen und Richten über andere unsere Beziehungen belastet. Wenn du schon mal als Betroffener erlebt hast, wie hartnäckig sich ein Gerücht hält, dann weißt du sicher, wovon ich schreibe.

Nicht vorschnell Urteile über andere zu fällen ist also ein Gebot, das uns Jesus mit auf den Weg gegeben hat. Aber wenn jemand Mist baut, dann muss ich das doch auch sagen dürfen – oder? Natürlich! Und auch hierzu hat uns Jesus einen guten Rat gegeben: „Wenn dein Bruder sündigt, dann geh zu ihm und stell ihn unter vier Augen zur Rede. Wenn er mit sich reden lässt, hast du deinen Bruder zurückgewonnen" (Matthäus 18,15; NGÜ). Jesus fordert uns also ausdrücklich dazu auf, denjenigen, der Mist gebaut hat, darauf anzusprechen – aber bitte schön nicht vor versammelter Mannschaft, sondern allein.

Ich habe gerade, während ich die Andacht hier schreibe, ein gutes Beispiel erlebt: Ein Freund hat gestern spontan ein Treffen abgesagt, das wir mit fünf Leuten schon lange ausgemacht hatten. Seine Argumente fand ich auch absolut nicht überzeugend. Jetzt fragt mich gerade eine Freundin per Mail, ob ich das nicht auch bescheiden fände und dass sie sich ganz schön geärgert hätte. Mein erster Impuls war, ihr zu schreiben: „Genau! Der Sack sagt immer so kurzfristig ab." Aber zum Glück schreibe ich gerade an dieser Andacht ☺ und maile ihr zurück: „Ich rede mal mit ihm und sag ihm das." Genau das ist Gottes Idee: miteinander statt übereinander reden.

Also: Wenn du das nächste Mal am Schild „Brennholzverleih" vorbeikommst, dann behalte deine Gedanken entweder für dich oder geh rein und frag nach, was denn eine Stunde Holz so kostet ...

Vers des Tages

Redet nicht schlecht übereinander, liebe Geschwister. Wer seinen Bruder verleumdet oder seine Schwester verurteilt, der verleumdet und verurteilt das königliche Gesetz der Liebe ... Es gibt aber nur einen Gesetzgeber und Richter. Nur er kann freisprechen oder verurteilen. Wer bist du eigentlich, der sich da zum Richter über seinen Nächsten aufspielt? (Jakobus 4,11–12; NeÜ).

Aktion des Tages

Mit welcher Schwester oder welchem Bruder (die Bibel meint damit die Menschen um dich herum, die dir nahestehen) willst du heute mal reden, anstatt über sie/ihn zu reden? Suche ein ehrliches, klares und liebevolles Gespräch.

Christoph Pahl

Echtzeit

Lebe voll im Hier und Jetzt

Echt|zeit: ursprünglich Begriff aus der Technik. Verwendung im Film: Etwas geschieht in Echtzeit, wenn man gleich viel Zeit braucht, um eine Filmsequenz anzusehen, wie die dargestellten Szene in Wirklichkeit dauern würde.

Wir hatten uns eine Liste mit hundert potenziellen Band-Namen gemacht. Bis zu diesem Zeitpunkt hatten wir einen englischen Band-Namen. Nun, da wir angefangen hatten, auf Deutsch zu schreiben, brauchten wir dringend einen deutschen Namen. Doch auch nach mehreren Stunden Gehirnakrobatik wollte uns einfach nichts einfallen. Jeden Namen, den wir gut fanden, gab es schon oder die entsprechende Domain war nicht mehr verfügbar. Schließlich landeten wir bei folgenden drei Optionen: „Fernweh", „denkmal" und „weitblick". Aber irgendwie konnten wir uns mit keinem der Einfälle so richtig anfreunden. Zum Glück kam in letzter Sekunde doch noch die Blitzidee, die unser neuer Band-Name werden sollte: „Echtzeit". Ein Begriff, der ursprünglich aus der Technik kommt und Abläufe beschreibt, die ohne Zeitverzögerung und nahezu realitätsnah passieren. Für uns steckte aber noch eine tiefere Bedeutung dahinter und unser Slogan wurde: „Echtzeit: Es wird Zeit, echt zu sein."

Wir leben in einer Zeit, in der dieses Motto wieder ganz neu wichtig geworden ist. Echt sein und echt leben klingt leichter, als es in Wirklichkeit ist. In unserer modernen Welt sind wir mit allen vernetzt – dank WhatsApp, Snapchat, Instagram, E-Mail, Twitter und Co. Wir haben Hunderte von Leuten in unseren Freundeslisten und Adressbüchern, aber keiner von denen kennt uns wirklich. Keiner weiß, wie es uns tatsächlich geht.

Vor Kurzem habe ich einen Bericht über ein sehr interessantes Experiment gelesen: Man hat zwei identische Pflanzen genommen und ihnen genau die gleichen Rahmenbedingungen gegeben. Einziger Unterschied: Mit einer der Pflanzen wurde geredet, mit der anderen nicht. Und tatsächlich: Die Pflanze, der gut zugeredet wurde, ist höher und schneller gewachsen. Das klingt vielleicht etwas bizarr, aber das gleiche Prinzip gilt bei uns Menschen: Wir wachsen besser, wenn wir Menschen um uns herum haben, mit denen wir das Leben teilen. Nicht nur via WhatsApp, sondern in Echtzeit.

Das Pflanzenexperiment hatte übrigens noch einen weiteren Teil: Man wollte feststellen, ob Pflanzen besser wachsen, wenn sie ganz alleine in einem Beet sind, oder schneller, wenn andere Pflanzen neben ihnen sind. Das Ergebnis: Die Pflanzen, die umgeben waren von vielen anderen, wuchsen schneller als die, die alleine standen. Irgendwie verblüffend! Und das gilt auch für uns Menschen: Wir brauchen einander. Gott hat uns nicht als Einzelwesen und Eigenbrödler geschaffen, sondern uns für die Gemeinschaft mit anderen gemacht – deswegen hat er Adam auch eine Frau gemacht, Jesus zwölf Jünger als Weggefährten geschenkt und sich die Idee von Gemeinde ausgedacht.

Wenn wir nur virtuell, über Social Media, miteinander kommunizieren, isoliert uns das allmählich von der Realität – und allein geht man irgendwann ein. Das hat auch der Verfasser des Psalms 102 erfahren: „Nachts finde ich keinen Schlaf, ich bin wie ein einsamer Vogel auf dem Dach" schrieb er (Psalm 102,8; NGÜ). Gott möchte nicht, dass du zu einem einsamen Vogel wirst. Er will, dass du das Hier und Jetzt voll genießen kannst.

Ich jedenfalls möchte mehr Momente mit all meinen Sinnen erleben, anstatt sie nur in einer Bildergalerie online festzuhalten. Den Sonnenuntergang, das leckere Essen, die schönen Momente mit Freunden, und den selbst gebackenen Kuchen ganz real genießen. Und bewusst den Moment erleben, ohne ihn durch einen Post zu zerstören oder das Handy zu zücken, bevor ich den Moment selbst erlebt habe. Ich möchte Erinnerungen wieder im Kopf abspeichern und nicht nur auf der Festplatte. Es wird echt Zeit, echt zu sein.

Verse des Tages

Gott, der Herr, dachte sich: „Es ist nicht gut, dass der Mensch allein sei." (1. Mose 2,18; LU)

Was hat ein Mensch davon, wenn er die ganze Welt gewinnt, aber zuletzt sich selbst verliert oder sich doch schweren Schaden zufügt? (Lukas 9,25; GN).

Aktion des Tages

Versuche heute einmal, 24 Stunden ganz ohne dein Handy auszukommen. Ich weiß, das klingt total verrückt, aber probiere es mal aus. Und wenn es dir gefällt, dann führe einen handyfreien

Tag pro Woche ein und nutze die Zeit stattdessen mal, um rauszugehen. Du wirst sehen: Das Leben fühlt sich ganz anders an. Irgendwie analog. Realer. Direkter.

Daniel Harter

Selfie

Wie siehst du dich?

Sel|fie: Foto-Selbstporträt. Sonderfälle: Bifie (im Bikini); Welfie (beim sportlichen Work-out) oder Ussie (gemeinsam mit einer Gruppe, englisch „us“: wir).

Sicher hat dich das Selfie-Fieber auch im Griff. Aber wusstest du, dass es den Trend erst seit wenigen Jahren gibt? Gute Smartphone-Kameras (und natürlich die Selfie-Sticks) haben dazu beigetragen, dass alle Welt sich bei WhatsApp, auf Instagram, Facebook und Co von seiner besten Seite zeigen kann. Unglaublich, aber wahr: 350 Millionen neue Bilder werden pro Tag bei Facebook hochgeladen. Jede Frau macht laut einer Umfrage täglich drei Selfies und investiert 15 Minuten pro Bild, um es perfekt aussehen zu lassen. Keine Ahnung, ob das tatsächlich auf jede Frau zutrifft, aber Fakt ist: Mit Selfies wollen wir unseren Alltag mit anderen teilen. Wir wollen unseren Freunden zeigen: „Hey, hier bin ich. Ich hab gerade Spaß“ oder: „Ich chille gerade“. Oder wir schießen ein Gruppenfoto von der Jugendkreisparty, um den schönen Abend festzuhalten. Oder ein Doppelselfie zusammen mit unserem besten Freund bzw. der besten Freundin, um zu zeigen: „Wir haben uns gern und alle sollen es sehen.“

Selfies an sich sind nichts Schlechtes. Denn jeder von uns will dazugehören und von anderen wertgeschätzt werden. Und das ist ein grundlegendes Bedürfnis von uns Menschen. Aber die Sache hat auch einen großen Haken: Im Internet ist es sehr leicht, eine schöne Fassade aufzubauen. Man kann ganz easy den Eindruck vermitteln: „Schaut mal her! Ich bin der coole Typ, der alles hat." Oder der Welt mit seinem Bild sagen: „Guckt mal, Leute, wie glücklich ich bin" – obwohl man es im Grunde gar nicht ist.

Ja, mit Selfies kann man sich von einer Seite zeigen, die nicht unbedingt der Wirklichkeit entspricht. Aber wie ist es im echten Leben? Was wäre, wenn man ein Selfie von deinem Innenleben machen könnte? Von deinen Gedanken, deinen Träumen und Wünschen, von dem, wie du dich selbst siehst? Was wäre, wenn es eine solche Kamera geben würde – was würde man auf dem Bild sehen? Das Verrückte ist: Das, was du über dich selbst denkst und wie du dich selbst siehst, das macht dich am Ende zu dem, der du tatsächlich bist. „Mehr als auf alles andere achte auf deine Gedanken, denn sie entscheiden über dein Leben", heißt es in Sprüche 4,23. Mit anderen Worten: Du entscheidest über den Ausgang der Geschichte in deinem Kopf. Die spannende Frage ist deshalb: Was denkst du eigentlich, wer du bist? Das nette, sympathische Mädchen, das weiß, was es kann? Oder die untalentierte Klassenkameradin, die sich vor den anderen verstecken muss? Der selbstbewusste Junge, der es wert ist, dass man mit ihm befreundet ist? Oder ein Losertyp, den eh keiner in seiner Gruppe haben will? Es geht hier um weit mehr als nur darum, dass du einfach ein bisschen positiver denkst oder dich selber motivierst. Mach mal für dich selbst ein kleines Gedankenexperiment: Was wäre, wenn Gott ein Doppelselfie mit dir machen würde? Was wären die Hashtags, die er bei Instagram druntersetzen würde? Auch wenn ich dich nicht kenne, weiß ich schon ein paar Tags, die er schreiben würde: #ewigeliebe #stolzaufihn #gewinnertyp #daswarerstderanfang #foreveryours #tattooinmeinerhand.

Das klingt vielleicht ein bisschen kitschig, aber das ist die Wahrheit, die dein Leben revolutionieren kann. Je mehr dir bewusst wird, wie sehr dich dieser allmächtige Gott im Himmel liebt, umso selbstbewusster, mutiger, unerschrockener und liebevoller wirst du leben. Was Gott über dich denkt, wird das verändern, was du über dich selbst denkst. Denn wenn Gott dir zuspricht, dass du ein Gewinner bist, kannst du nicht das Gegenteil behaupten. Deshalb: Entlarve die Lügen, die du über dich selbst glaubst, als das, was sie sind: Lügen. Und dann lass dir von Gott die Wahrheit ins Herz legen: Du bist wertvoll und unendlich geliebt!

Vers des Tages

Lasst euch vielmehr von Gott umwandeln, damit euer Denken erneuert wird. (Römer 12,2; GN)

Aktion des Tages

Mach ein Selfie von dir und druck es aus. Schreibe darunter die Hashtags, die Gott unter das Bild setzen würde.

Daniel Harter

On-Off-Beziehung

Gott wechselt niemals seinen Beziehungsstatus zu dir

On-Off-Be|zieh|ung: Beziehung, die durch wiederkehrende Zyklen von Trennungen und Versöhnungen charakterisiert ist.

Ich komm einfach nicht mehr mit. Bin ich mit 35 Jahren einfach schon zu alt? Meine Jugendgruppe würde sagen: „Ja klar." Aber ich glaube, es liegt nicht am Alter. Auch ich kenne Gleichaltrige, bei denen der Beziehungsstatus regelmäßig wechselt. Mal sind Ulf und Uschi ein Paar. Dann ist Ulf mit Ulrike zusammen. Und ich denke: *Aha, dann ist es wohl aus mit Uschi.* Kurz danach höre ich, dass Ulf und Uschi wieder zusammen sind. Wenig später sind sie dann lediglich „gute Freunde" – aber mit Knutschen. Hä?? Ich komm nicht mehr mit ...

Ich selbst bin geschieden, sollte also vielleicht nicht zu sehr mit Fingern auf andere zeigen. Meine Frau hat mich vor ein paar Jahren verlassen und das war eine sehr schmerzhafte Sache. Ich hatte mich entschieden, mit dieser Frau mein Leben zu verbringen. „Nur ein bisschen zusammen sein" kam für mich nicht infrage. Aber zum Lieben gehört eben auch die Freiheit des anderen, Nein zu sagen. So war mein Beziehungsstatus dann irgendwann „Off" und für mich brach eine Welt zusammen. Denn ich hatte voll auf „On" gesetzt. Und auch nach der Trennung hoffte ich noch, dass wir wieder zum „On" wechseln. Aber das passierte nicht. Und ich fragte mich: Werde ich jemals wieder voll auf eine Beziehung setzen? Bei den On-Off-Beziehungen in meiner Umgebung merke ich, dass die Betreffenden unter den Trennungen oft nur kurz leiden. Und ich behaupte mal ganz frech, dass sie vielleicht einfach nicht verstanden haben, was Liebe ist. Wahre Liebe, so wie sie gedacht war, setzt voll auf On, auf eine Person. Richtige Liebe sagt Ja, bedingungslos, immer. Woher ich das weiß? Von dem besten Liebhaber aller Zeiten. Denn als meine Exfrau damals auf „Off" geschaltet hat, habe ich zum ersten Mal verstanden, dass Gott On-Off-Beziehungen vollkommen fremd sind. Er wechselt niemals den Beziehungsstatus zu mir. Ich hätte meine damalige Frau sicher besser lieben können und auch ich habe Mitschuld an unserer Trennung. Auch Gott vergesse ich immer wieder und liebe ihn nur halbherzig. Aber Gott schaltet nicht auf Off. Niemals. Von Jesus sind folgende letzte Worte überliefert: „Ich bin bei euch alle Tage bis an der Welt Ende" (Matthäus 28,20; LU). Und er steht zu seinem Versprechen. Ich kann mich gegen den Glauben an ihn entscheiden. Sein Angebot der Liebe gilt immer. Darum liebe ich den Satz aus dem Römerbrief: „Nichts kann uns von Gottes Liebe trennen" (Römer 8,39; NGÜ). So ist es!

Wenn Gott On-Off-Beziehungen offenbar nicht gut findet, bedeutet das dann, dass du dich nie von deiner Freundin/deinem Freund trennen darfst? Das ist eine schwierige und sehr individuelle Frage. Wichtiger finde ich: Wie gehst du in eine Partnerschaft rein? Oder besser gefragt: Warum willst du eine Partnerschaft haben? Weil du dich alleine fühlst? Weil du körperliche

Nähe suchst? Weil du jemanden zum „Vorzeigen“ haben willst? Oder weil du wirklich auf der Suche nach einem festen Gegenüber bist und du ihr/ihm echte Liebe schenken willst?

Ich für mich habe entschieden: Die Vorstellung von Liebe oder Partnerschaft, die Ulf hat, ist nicht meine. Gottes Liebe weitergeben bedeutet auch: ernsthaft zu lieben (was übrigens mit sehr viel Spaß verbunden sein kann). Und ich glaube auch, dass ich nicht zu alt bin für eine neue Beziehung – so Gott will, dann ohne ein „Off“. Aber eins weiß ich genau: Egal, ob eine Beziehung irgendwann wieder zerbricht: Er bleibt an meiner Seite!

Vers des Tages

Gott ist treu. Er hat euch berufen zur Gemeinschaft mit seinem Sohn Jesus Christus, unserem Herrn. (1. Korinther 1,9; NL)

Aktion des Tages

Besprich heute mit Gott im Gebet doch mal das Thema Partnerschaft. Bete für Paare, die gerade in einer Krise stecken. Erzähl Gott von deinem Solo-Frust oder den Problemen in deiner Beziehung. Frag ihn, was ihm wichtig ist für deine (zukünftige) Partnerschaft.

Christoph Pahl

Egoshooter

Die Einsamkeitsfalle

E|go|shoo|ter: griech. und lateinisch *ego* = „ich"; engl. *shooter* = „Schießspiel". Kategorie der Computerspiele, bei welcher der Spieler aus der Egoperspektive agiert und mit Schusswaffen andere Spieler oder computergesteuerte Gegner bekämpft.

Sven ist ein ganz normaler Student. Kirchlich engagiert. Stets freundlich. Etwas schüchtern. Normale Familie. Doch Sven hat ein Geheimnis ...

Justin ist zwölf Jahre alt und er hat nur ein einziges Hobby. Wenn er redet, redet er nur davon. Seine „Freunde" machen alle dasselbe wie er.

Bei den Mädchen haben beide keine Chance. Beide leben in ihrer eigenen Welt: der Spielewelt. Sven ist nur nach außen hin Student. Eigentlich ist er ein Zocker. Zur Uni geht er schon seit Monaten nicht mehr. Er belügt seine Eltern, die ihm treu jeden Monat Geld überweisen. Er belügt seine Freunde, und von denen hat er eh nicht mehr viele. Der Unterschied zwischen Sven und Justin ist, dass Sven zutiefst weiß, dass er ein Problem hat, Justin weiß es noch nicht. Justin verbringt jede freie Minute vor dem Bildschirm. In der virtuellen Welt erschießt er Leute und baut sich dort seine eigene Welt. Im Netz sind Sven und Justin genau das, was sie in Uni, in der Schule und bei Mädchen nicht sind: erfolgreich.

Ich kenne beide Jungs. (Beide heißen im echten Leben anders.) Sven war für viele Wochen in einer Klinik für Spielsüchtige. Er hat es gepackt. Auch deshalb, weil er am PC seinen Glauben an Gott nicht verloren hat. Und weil er gespürt hat, dass dieser liebende Gott für das Leben steht. Svens Familie hat zu ihm gehalten und er hat ein neues Leben in der echten Welt angefangen. Wenn er auf seine Suchtphase zurückschaut, spricht er besonders über das Thema „Einsamkeit". Denn seine Zockerfreunde waren keine realen Freunde.

Ich arbeite regelmäßig mit Jungs, deren einziges Hobby „zocken" ist. Und eins merke ich schnell: Sie werden in ihrem Verhalten nicht unbedingt brutaler oder aggressiver. Aber egoistischer. Das „Ego" kommt bei ihnen mehr durch als der „Shooter". Und auch sie sind wie Justin und Sven tief in ihrem Herzen sehr einsam. Häufig weiß ich nicht genau, ob sie zocken, weil sie einsam sind, oder einsam sind, weil sie so viel zocken.

Auch wenn es in biblischen Zeiten noch keine Computerspiele gab, so kann man in der Bibel so einiges zu den Themen Egoismus und Einsamkeit finden. Und ich merke, dass mich diese beiden Themen selber betreffen – auch wenn ich nur ungern zocke.

Einsamkeit

Ich war vor ein paar Jahren mal vier Wochen alleine in einer Hütte in Norwegen. Aber ich war dort viel weniger einsam als in vier Wochen meines normalen Alltagslebens. Allein sein und einsam sein, das ist eben nicht dasselbe. Einsam sein heißt, dass ich einen Mangel an echten Beziehungen habe. Allein sein dagegen, dass ich eben mal grad keine Menschen um mich habe.

Auch Jesus hat sich immer wieder gerne zurückgezogen – zum Beten. Aber einsam war er da nicht. Einsam war er, als er festgenommen wurde und ihn alle seine Freunde im Stich gelassen haben. Und einsam fühlte er sich am Kreuz, als er schrie: „Mein Gott, mein Gott, warum hast du mich verlassen?" Ich merke: Mir hilft es zu wissen, dass auch Jesus Einsamkeit kennt, sie selbst erfahren hat. Ich weiß, dass ich in der traurigen Einsamkeit meines Herzens zu Jesus schreien kann. Ich kann zu ihm kommen. Nein, dann ist nicht immer sofort alles gut. Aber es macht mich froh zu wissen, dass ihn mein Schmerz interessiert. Wenn ich vor ihm klage, dann ist er wie ein guter Freund und klagt mit. Und oft höre ich in meinem Schmerz ein leises: „Chris, ich bin für dich da." Sven und Justin sind mir ähnlicher, als ich zugeben will. Sie brauchen beide andere Menschen – und Gott –, die sie aus ihrer Einsamkeit rausholen können. Wie auch ich andere und Gott brauche!

Egoismus

Wer nur in seiner eigenen Welt lebt, läuft Gefahr, egoistisch zu werden. Sich selbst in den Mittelpunkt zu stellen. „Ihr sollt jedoch nicht euren eigenen Vorteil suchen, sondern den des anderen!", schreibt Paulus (1. Korinther 10,24; NeÜ). Judas wird in seinem Brief sogar noch krasser, wenn er über gottlose Menschen schreibt: „Sie sind großspurige Angeber und schleimige Schmeichler, die nur auf den eigenen Vorteil aus sind" (Judas 1,16; NeÜ – übrigens liebe ich solche Formulierungen in der Bibel: „schleimige Schmeichler"). Jesus hat mit seinem Leben, seinem Reden und vor allem mit seinem Tod am Kreuz deutlich gemacht, wie sehr er sein Ego immer wieder hintenangestellt hat. Er ist ein riesiges Vorbild in Sachen Selbstlosigkeit. Ich dagegen habe ständig Angst, zu kurz zu kommen, deswegen zieh ich lieber mein Ding durch. Mein Selbsterhaltungstrieb flüstert mir immer wieder ein: „Das Wichtigste ist, dass es dir gut geht." Und es ist ja Gott auch wichtig, dass es mir gut geht. Aber gerade deswegen muss es nicht mehr mein größtes Anliegen sein. Weil ich weiß, dass Gott für mich da ist und sich um mich kümmert, kann ich von mir wegschauen.

Vers des Tages

Wende dich zu mir und sei mir gnädig; denn ich bin einsam und elend! (Psalm 25,16; LU)

Aktion des Tages

Wann und wo fühlst du dich einsam? Sprich mit Gott darüber und bitte ihn, dir zu zeigen, wie du auf andere zugehen kannst.

Wer von deinen Freunden oder deiner Family ist in einer Welt gefangen, in der er/sie vereinsamt oder zum Egoisten wird? Mache dir einen Plan, wie du der Person helfen kannst. Kontaktiere sie und ermutige sie. Starte heute bewusst eine selbstlose Aktion!

Christoph Pahl

Schnäppchenmarkt

Deine Eintrittskarte in den Himmel ist kein Billigprodukt

Schnäpp|chen: Produkt zu außergewöhnlich günstigem Preis. Bezeichnet auch Zweite-Wahl-Ware, Ladenhüter und Auslaufmodelle.

Die Kombination aus meiner Leidenschaft, durch die Welt zu reisen, und meinem Beruf als Musiker hat mich schon an die verrücktesten Plätze gebracht. Zum Beispiel auf den Markt in der Millionenstadt Trichy in Indien. Oder auf den großen Tauschbasar in Venezuela. Auf den Gemüsemarkt am Rande des Armenviertels in Uganda, den kleinen Fischmarkt in Korsika oder den Markt für Holzschnitzereien in Malawi. Ein Erlebnis, an das ich mich bis heute besonders gut erinnern kann, war ein Ausflug zu einem der größten Märkte in der Türkei. Einer so aggressiven Verkaufspolitik wie auf diesem Schnäppchenmarkt bin ich seither nie wieder begegnet. Man wurde dort nicht nur von allen Seiten angeschrien, etwas zu kaufen, sondern es hat sogar beinahe in Handgreiflichkeiten geendet, als ich mich entschloss, das „original Adidas-T-Shirt“ dann doch nicht zu kaufen. Aber ich muss auch zugeben: Selten bin ich mit so vollen Taschen nach Hause gefahren wie nach dem Besuch dieses Marktes.

Nun ist es ja auch auf Schnäppchenmärkten so, dass einem da nichts geschenkt wird. Wenn es billig ist, dann hat das meistens auch einen Grund – und in diesem Fall war mir klar, dass hier keine hochwertigen Originalprodukte verkauft wurden (auch wenn das jeder beteuerte!). Wenn etwas nichts kostet, dann ist es meistens auch nicht viel wert. Es geht oft schnell kaputt oder sieht schon nach dem ersten Waschgang wie drei Jahre getragen aus. Hochwertige Sachen haben deshalb auch einen höheren Preis.

Was ist das Wertvollste, das du besitzt? Bestimmt nicht dein Vier-Euro-T-Shirt von Takko, sondern dein Smartphone, deine Playstation oder dein Moutainbike. Bei mir sind es meine Gitarren, mein Auto und vielleicht noch mein Laptop. Stell dir mal vor, du würdest dein Smartphone jemand anderem schenken. Aber anstatt dankbar dafür zu sein, behandelt der das Teil schlecht und fahrlässig – schließlich hat es ihn ja nichts gekostet. So ähnlich muss Gott sich fühlen, wenn wir denken, seine Liebe und seine Vergebung gäbe es auf dem Schnäppchenmarkt. Oft sagen Christen: „Komm zu Gott, er hat schon für alles bezahlt. Der Eintritt in den Himmel ist frei!“ Und sie haben damit ja recht. Aber wenn wir unseren Eintritt in den Himmel nicht bezahlen brauchen, heißt das noch lange nicht, dass es nix gekostet hat, dass es „Billigware“ ist. Im Gegenteil: Ein anderer musste dafür einen hohen Preis bezahlen – Jesus. Und er bezahlte mit seinem Leben. Einen höheren Preis gibt es nicht! Selbst alles Gold und Silber der Welt hätte nicht gereicht. Der Apostel Petrus schreibt in seinem Brief: „Nicht mit Silber und

Gold seid ihr freigekauft worden – sie verlieren ihren Wert –, sondern mit dem kostbaren Blut eines reinen und fehlerlosen Opferlammes, dem Blut von Christus“ (1. Petrus 1,18; GN).

Je mehr mir bewusst wird, dass Gott mir das Wertvollste geschenkt hat, das er besitzt, nämlich seinen eigenen Sohn, umso mehr weiß ich die Liebe und die Gnade Gottes zu schätzen. Denn eigentlich müsste ich die Konsequenzen für alle Fehler, die ich im Leben mache, selber tragen. Aber Gott hat das Leben seines einzigen Sohnes gegen meines eingetauscht, damit mir vergeben werden kann. Das ist und bleibt ein Geschenk für mich, es kostet mich nichts. Aber ihn hat es alles gekostet, und jedes Mal wenn ich wieder an einem Schnäppchenmarkt vorbeikomme, erinnere ich mich an den Unterschied zwischen „kostenlos“ und „umsonst“: Gottes Gnade ist zwar *kostenlos* und bewirkt, *dass ich die Kosten los bin* – mir also vergeben ist–, aber seine Gnade ist niemals *umsonst (ohne Bezahlung)*, denn sie hat ihn alles gekostet.

Wie gehst du mit Sachen um, die sehr teuer und wertvoll sind? Mache dir bewusst, dass Gott dir etwas geschenkt hat, was unendlich wertvoller als deine Playstation oder dein Smartphone ist. Er hat es getan, weil er Hals über Kopf in dich verliebt ist – und möchte, dass du dein Leben und eine ganze Ewigkeit mit ihm verbringst.

Verse des Tages

Eure Rettung ist wirklich reine Gnade, und ihr empfangt sie allein durch den Glauben. Ihr selbst habt nichts dazu getan, sie ist Gottes Geschenk. (Epheser 2,8–10; GN)

Gott hat euch als sein Eigentum erworben; denkt an den Preis, den er dafür gezahlt hat! (1. Korinther 6,20; NGÜ)

Aktion des Tages

Weil Gott so unendlich gnädig, großzügig und liebevoll zu uns ist, wünscht er sich, dass wir es ihm gleichtun und ebenfalls gnädig, großzügig und liebevoll zu anderen sind. Wem gegenüber könntest du heute ein wenig gnädiger sein (auch wenn derjenige vielleicht etwas versemmelt hat oder unfreundlich zu dir war)?

Daniel Harter

H. D. G. D. L.

Gottes Zusage an dich

H. D. G. D. L.: steht nicht etwa für „Haben deine Gartenzwerge die Löwenzahnallergie?“, sondern für „Hab dich ganz doll lieb.“ Steigerung von H. D. L.

Hab dich ganz doll lieb ...
... wenn du gerade deine Beziehung an die Wand gefahren hast.
... wenn deine Eltern sich geschieden haben.
... wenn du im Frust eine Packung Chips verdrückt hast.
... wenn du nur wenige Freunde hast.
... wenn du mal wieder einen Pickel zu viel auf deiner Stirn findest.
... wenn du gerade in dein Kissen heulst und Liebeskummer hast.

H. D. G. D. L. Hab dich ganz doll lieb. In jedem einzelnen Moment deines Lebens spricht Gott dir diese Worte zu. Wenn er ein Smartphone hätte, würde er es dir ständig per WhatsApp schicken. Und an seiner Zusage wird sich niemals etwas ändern. Er wird es sich nicht eben mal anders überlegen, weil du irgendwas verbockt hast oder weil ihm grad nicht danach ist, dich zu lieben. Und auch niemand anderes kann jemals etwas an seiner Zusage an dich ändern. Dieses Versprechen ist in Stein gemeißelt!

Vielleicht denkst du jetzt: Okay, reden kann man viel. Aber erst Taten machen Worte glaubwürdig. Immer wieder erlebst du Situationen, in denen du dich allein und verlassen fühlst. Von Gott scheinbar keine Spur. Liebt er dich wirklich?

Ja! Das tut er.

H. D. G. D. L. – weil ich dich mit Liebe von Meisterhand geschaffen habe.
Dabei hat er dich mit viel Herzblut erdacht. Dein Aussehen, dein Temperament, deine Persönlichkeit, deine Talente, deine Stärken und Schwächen – alles made by God. Du bist vom Meister selbst geschaffen worden. Auf der Welt gibt es viele kreative Leute, die sich ständig etwas Neues ausdenken und dies dann in die Tat umsetzen. Aber nur wenige schaffen es, mit ihren Ideen, ihrer Kunst oder ihrer Erfindung ganz groß rauszukommen. Es ist die Ausnahme, dass ein Bild weltberühmt wird – wie die „Mona Lisa“ von Leonardo da Vinci, die seit dem 18. Jahrhundert im Louvre in Paris hängt. Es ist die Ausnahme, dass eine technische Konstruktion die Welt verändert – wie zum Beispiel das Telefon, das Flugzeug oder der Computer.

Wenn man ein Bild bestaunt, ehrt man damit den Künstler des Bildes. Wenn man ein Gerät großartig findet, lobt man damit den Erfinder, der dahintersteckt. Und so ist es auch bei dir. Du bist ein Kunstwerk, eine großartige Erfindung des Schöpfers. Du hast daher allen Grund, über Gottes Werk zu staunen.

H. D. G. D. L. – weil ich alles für dich gegeben habe.
Gott brennt vor Leidenschaft, mit dir eine Beziehung und Freundschaft haben zu können. Nichts und niemand kann ihn

daran hindern, seiner Sehnsucht nach dir Raum zu geben. Niemand kann ihn davon abhalten, seiner unfassbar großen Liebe zu dir nachzugehen. Bis zum Äußersten ist er gegangen, um Gemeinschaft mit dir haben zu können – bis zum Tod am Kreuz. Es gab für ihn keine andere Möglichkeit, um dich zu gewinnen und dir seine Liebe zu zeigen. Wer stirbt schon freiwillig für einen anderen? Nur eine starke Liebe kann jemanden dazu treiben. In Jeremia 31,3 heißt es: „Ich habe dich je und je geliebt, darum habe ich dich zu mir gezogen aus lauter Güte." Gott hat alles vorbereitet, um mit dir in eine Beziehung treten zu können. Jetzt kommt es einzig und allein auf deine Antwort auf sein „H. D. G. D. L." an. Gehst du auf sein „All-in"-Angebot ein? Sagst du *Ja* zu seinem Freundschaftsangebot? Oder lässt du ihn im Regen stehen und machst dein eigenes Ding? Es liegt ganz bei dir, ob es ein Happy End in dieser Lovestory gibt – einer Lovestory, die nicht mit deinem Ja endet, sondern dann erst so richtig losgeht!

Vers des Tages

Ich habe dich je und je geliebt, darum habe ich dich zu mir gezogen aus lauter Güte. (Jeremia 31,3; LU)

Aktion des Tages

Denk doch mal darüber nach, was es bedeutet, von Gott bedingungslos geliebt zu sein. Was macht das mit dir? Glaubst du das? Kannst du seine Liebe zu dir annehmen? Willst du eine Freundschaft mit ihm eingehen? Rede mit ihm in aller Ruhe darüber.

Nelli Löwen

Beziehungs-dschungel

Ein Partner kann dir niemals alles geben

Dschun|gel: 1. tropischer Regenwald, in dem 300 000 verschiedene Pflanzenarten heimisch sind. 2. etwas Undurchdringliches oder Verwirrendes.

Oh Mann, diese Schmetterlinge im Bauch! Wie oft hatten sie mein Leben aufgewirbelt, weil ich schon wieder jemand Nettes kennengelernt hatte. Oh, dieses Lächeln, diese Augen ... Ja, ich war schon so oft verliebt. In den Neuen aus meiner Klasse. In den tollen Typen aus meinem Jugendkreis. Irgendwie lag immer nur ein Zentimeter zwischen „Oh, ein netter Typ!" und „Ob er und ich wohl auch zusammenpassen?" Sehr schnell geriet ich als Teenager ins Schwärmen. Heute stelle ich fest, dass ich einen netten Typen damals benutzt habe, um mein persönliches Glück vollständig zu machen. Ich träumte: Wenn er und ich zusammen sein würden, wäre das mein Traumleben ... Er und ich würden so unglaublich gut zusammenpassen, wir wären das beliebte Pärchen, das überall Freunde hat. Hach, unser

Leben wird sein wie in einem Liebesroman ... In meinem Kopf lief das Bild von einem Wunschtraumleben ab. Wenn ich heute über meine Gedanken, die mir damals ständig durch den Kopf schossen, nachdenke, wird mir klar: Meine persönliche Sehnsucht nach Liebe war sehr stark, eben weil mein Selbstwertgefühl nicht gerade stark war. Und so habe ich mich halt selbst auch nicht richtig lieben können. Die Hoffnung, jemand anderes könnte durch seine Liebe diese Sehnsucht nach Liebe in mir stillen, hob mich immer wieder auf neue Luftschlösser.

Als ich dann später, als junge Erwachsene, erste Beziehungserfahrungen machte, merkte ich immer wieder, dass die Liebe eines Mannes meine Sehnsucht nach Liebe nur bedingt stillen kann. Klar ist es ein tolles Gefühl, wenn ein Mann mir sagt, dass er mich toll findet und er mich liebt. Und wenn die Beziehung gut ist, werden auch beide Liebe erfahren und spüren. Dennoch, und das weiß ich heute: Man kann von einem Partner (einer Partnerin) nicht erwarten, dass er (sie) die eigene tiefe Sehnsucht nach Liebe stillt. Man kann den anderen nicht dazu verpflichten, dafür zu sorgen, dass man selbst ein gutes Lebensgefühl hat.

Nur die bedingungslose Liebe von Gott kann unser Herz so richtig satt machen. – Seine leidenschaftliche und verzehrende Liebe zu dir kann dein Herz ruhig und zufrieden machen. Nur Jesus kennt dich allumfassend und sieht jedes einzelne Gefühl, liest jeden einzelnen deiner Gedanken. Er weiß am allerbesten, wie er dich mit seiner Liebe berühren und dich glücklich machen kann. Und wenn du dann seine Liebe zu dir erkennst und auch glaubst, dann wirst du anfangen, dich selbst zu mögen. Dann wirst du nicht in jedem x-beliebigen Typen bzw. in jedem gut aussehenden Mädel einen potenziellen Glücksbringer sehen. Dein Umgang mit dem anderen Geschlecht wird unverkrampfter und freier.

Mach dich also ganz frei von dem Gedanken, dass du einen Partner brauchst, um so richtig glücklich sein zu können. Das stimmt nicht! Die Tatsache, ob du einen Partner hast oder nicht, hat erst einmal nichts damit zu tun, ob du glücklich bist oder nicht. Mach niemals einen Partner für dein Glück verantwortlich, sondern lass Jesus dein Glücklichmacher sein. Der Songpoet Asaf singt in einem Psalm: „Ich aber darf dir immer nahe sein, mein Herr und Gott; das ist mein ganzes Glück!" (Psalm 73,28; Hfa). In Gottes Nähe hat er wahres Glück erfahren. Das will ich auch immer wieder erleben. Wenn ich mich nach Liebe sehne, will ich zu Jesus gehen. Wenn ich gerade einen richtig blöden Tag habe: zu Jesus gehen. Wenn ich gerade Sorgen habe: zu Jesus gehen. Und du?

Vers des Tages

Ich aber darf dir immer nahe sein, mein Herr und Gott; das ist mein ganzes Glück! (Psalm 73,28; Hfa)

Aktion des Tages

Achte doch in dieser Woche mal bewusst darauf, ob sich der Gedanke bei dir einschleichen will, dass du einen Partner brauchst, um wirklich glücklich zu sein. Erinnere dich dann bewusst daran, dass Jesus dich erfüllen will. Und verbringe in diesen Momenten Zeit mit ihm. Du wirst erleben, wie diese Zeit deiner Seele guttun wird!

Nelli Löwen

Eigentor

Gott liebt dich trotz deiner Niederlagen

Ei|gen|tor: 1. versehentlich in das Tor der eigenen Mannschaft schießen. 2. „(sich) ein Eigentor schießen“: einen unbedachten Schritt tun und dadurch in eine schwierige Lage geraten; einen Schaden bzw. Verlust selbst verursachen.

Michael ist aufgeregt. Es ist das letzte Spiel in der Saison und das entscheidende Spiel um die Meisterschaft. Er selbst hat mit seiner hervorragenden Leistung dazu beigetragen, dass seine Mannschaft aktuell auf Platz eins steht. Er ist der gefeierte Star der Mannschaft, die Fans lieben ihn. Eine Sportzeitung wählte ihn gerade zur „Entdeckung der Saison“.

Das Spiel beginnt. Ein Unentschieden würde genügen – und Michael würde so mit seinem Team die langersehnte Meisterschaft erreichen. Alles läuft gut. Doch dann kommt die 21. Minute. Ein Spieler der gegnerischen Mannschaft flankt von rechts, die Abwehr pennt irgendwie. Michael will vor dem hinter ihm lauernden Spieler retten – und lenkt die harmlose Hereingabe mit links aus sieben Metern ins eigene Tor! Ein Eigentor!

Michaels Team erholt sich von der dramatischen Panne nicht mehr. Am Ende verlieren sie sogar 2:0 und verspielen die sicher geglaubte Meisterschaft. Und es fließen Tränen.

Dieser Michael heißt mit Nachnamen Ballack. Mit dem tragischen Eigentor am letzten Spieltag der Bundesligasaison 1999/2000 schoss Michael Ballack eines der bittersten Eigentore in der Fußballgeschichte.

Kennst du das Gefühl, ein Eigentor geschossen zu haben? Ein Ziel nicht erreicht zu haben? In der Schule hast du vielleicht eine Klassenarbeit in den Sand gesetzt. Oder dich mit der besten Freundin wieder mal gestritten, obwohl du das nicht wolltest. Oder du hast etwas verheimlicht und merkst auf einmal, dass das die Sache nur noch schlimmer gemacht hat.

Ja, Niederlagen, Fehler und Versagen gehören nun mal zu unserem Leben dazu. Sie tun meist bitter weh. Und wir verbinden nichts Gutes damit. Und doch müssen Niederlagen nicht nur schlecht sein. Wir können aus unseren Niederlagen oft sogar mehr lernen als aus unseren Erfolgen. Glaub mir! Doch um das so sehen zu können, dauert es oft eine lange Zeit.

Wichtig ist, wenn du ein Eigentor geschossen hast, vor allem eins: wie du damit umgehst. Es ist ganz normal, dass du dich erst mal ärgerst, enttäuscht bist. Aber entscheidend ist, dass du nicht am Boden liegen bleibst. Die Kunst des Scheiterns liegt darin, sich zu sagen: „Ich habe versagt, aber ich bin kein Versager." Gib deinen Fehler zu, aber mach deinen Wert nicht davon abhängig. Denn niemand macht immer alles richtig. Du bist nicht nur wertvoll, wenn du alles richtig machst.

Jeder schießt in seinem Leben Eigentore. That's life! Hilfreich ist auch ein Blick in die Bibel. Dort wimmelt es nur so von Versagern. Von A wie Adam bis Z wie Zachäus. Und ganz vorne dabei: der Michael Ballack der Bibel: Petrus. Voller Übermut posaunte er noch am Abend des letzten Abendmahles heraus: „Und wenn ich mit dir sterben müsste, Jesus, will ich dich nicht verleugnen“ (siehe Matthäus 26,35). Keine 24 Stunden später erlebte Petrus eine der bittersten Niederlagen seines Lebens. Obwohl er es sich so fest vorgenommen hatte, Jesus treu zu bleiben und sich zu ihm zu bekennen, verleugnete er ihn dreimal. Drei Eigentore mit einem Schlag. Als Petrus das realisierte, weinte er bitterlich. Keine Ahnung, was aus ihm geworden wäre, wenn Jesus ihm nicht in seiner ganz besonderen und liebevollen Art beim nächsten Treffen begegnet wäre. Jesus sagte nicht viel zu ihm. Weder ein verachtendes „Du bist raus aus dem Team, du Versager!“ noch ein harmloses „Schwamm drüber“. Jesus stellte ihm eine entscheidende Frage: „Liebst du mich?“ Und Petrus bejaht. Danach nimmt Jesus ihn an die Hand und spricht ihm neu das Vertrauen aus, indem er ihn auffordert: „Weide meine Schafe!“ Damit wollte er sagen: „Petrus, du gehörst nicht nur in mein Team, ich mache dich sogar zum Kapitän meiner Mannschaft.“ Einige Tage später, an Pfingsten, war jener Petrus derjenige, der in Jerusalem vor vielen Tausenden Menschen seine Liebe zu Jesus bezeugte. Der Eigentorschütze ist mutig nach vorn gegangen.

Jesus liebt dich trotz deiner Niederlagen. Er sieht keinen Versager in dir, sondern ein geliebtes Kind. Wenn du fällst, nimm seine Hand und steh wieder auf. Lerne aus der Niederlage und geh mutig nach vorn.

PS: Michael Ballack ist übrigens trotz seines Eigentors später mehrfacher deutscher und englischer Meister und Pokalsieger geworden. Er erhielt mehrmals die Auszeichnung als bester Fußballer Deutschlands und spielte erfolgreich als Kapitän in der deutschen Nationalmannschaft.

Vers des Tages

Meine Gnade ist alles, was du brauchst! Denn gerade wenn du schwach bist, wirkt meine Kraft ganz besonders an dir. (2. Korinther 12,9; Hfa)

Aktion des Tages

Was sind die Eigentore in deinem Leben? Schreib dir doch mal auf einen Zettel, welche Momente du als deine persönliche Niederlage siehst. Überlege, ob du daraus etwas lernen kannst. Notier dir das auch. Und dann male mit rotem Stift ein Herz hinter alle deine Eigentore und schreibe unten auf das Blatt groß hin:

1. Hier habe ich versagt, aber ich bin kein Versager!
2. Jesus liebt mich und ich gehöre zu seinem Team!

Stefan Kleinknecht

Share-Button

Teile deinen Glauben

Share-But|ton: Ob Facebook, Snapchat oder WhatsApp: Das Teilen von Webinhalten, Bildern und Videos ist aus dem Alltag kaum mehr wegzudenken.

Es war an einem sonnigen Tag, als ich auf dem Kirchentag ein wenig freie Zeit hatte. Ich schlenderte über das große Messegelände und war auf dem Weg zu einem Konzert. Als ich über eine riesige Fußgängerbrücke ging, sah ich, dass in der Mitte der Brücke jemand eine kleine Bühne aufgebaut hatte und mit einem Mikrofon in der Hand predigte. Als ich näher kam, erkannte ich in ihm einen Freund, der gerade sagte: „Und hier kommt der Gitarrist von ‚Echtzeit' und er möchte euch erzählen, was Gott heute zu sagen hat!" Noch nie in meinem Leben war ich so sprachlos. Irgendwie kam die nächsten fünf Minuten nichts Sinnvolles aus meinem Mund, und so nutzte ich die Gelegenheit, die Zuhörer zu unserem Konzert am Abend einzuladen und versprach, dort mehr von Gott zu erzählen ...

Es ist oft gar nicht so einfach, von dem zu erzählen, was wir glauben, und nicht allzu selten kommen wir uns dabei reichlich dämlich vor. An einen Gott glauben, den man nicht sehen kann – mit jemandem reden, der nicht wirklich hörbar antwortet? Wenn es ums Thema Glauben geht, dann fällt es uns komischerweise viel schwerer, den „Share-Button" zu klicken als bei einem Video von einer coolen Band oder dem Bild vom Ausflug an den Badesee.

Fakt ist: Ich teile nur das mit anderen, wovon ich wirklich überzeugt bin. Das heißt: Wenn ich meinen Glauben mit anderen teile, dann muss ich ihn selbst cool finden. Denn meine Freunde merken schnell, ob ich wirklich von der Sache überzeugt bin oder nicht.

Ich möchte dich ermutigen: Verschweige deinen Glauben nicht. Natürlich solltest du nicht jedem ungefragt deine Meinung aufdrücken, klar. Gute Gespräche kann man nicht erzwingen. Dennoch es ist Gottes Wille, dass alle Menschen ihn kennenlernen. Lies mal 1. Timotheus 2,4! Deshalb darfst du ihn bitten, dass er dir Möglichkeiten schenkt, ganz ungezwungen mit deinen Freunden ins Gespräch über Gott zu kommen. Oftmals liegen die Themen näher, als du denkst: Da nimmt sich mal wieder ein Superstar das Leben und alle Welt fragt sich, warum. Dann kannst du von dem erzählen, der uns Hoffnung schenkt. Oder: Im Biounterricht hörst du von ganz abgefahrenen biologischen Abläufen, und du fragst dich, ob so etwas tatsächlich durch Zufall entstanden sein kann. Hier kannst du Gott als kreativen Schöpfer ins Spiel bringen. Und wenn du dich mit jemandem gezofft hast und dann den ersten Schritt zur Versöhnung gehst, obwohl du eigentlich im Recht warst, dann lebst du deinen Glauben, indem du Nächstenliebe praktizierst. Den anderen wird dein Verhalten sicher überraschen. Und schwupps – bist du wieder drin im Thema, weil du davon überzeugt bist: Versöhnung ist eine Erfindung Gottes. Er selbst will versöhnt mit seinen Menschen leben.

Petrus schreibt: „Seid immer bereit, Rede und Antwort zu stehen, wenn jemand fragt, warum ihr so von Hoffnung erfüllt seid. Antwortet taktvoll und bescheiden und mit dem gebotenen Respekt – in dem Bewusstsein, dass ihr ein reines Gewissen habt" (1. Petrus 3,15–16; GN). Taktvoll. Bescheiden. Mit Respekt. Also nicht mit der Holzhammermethode. Mein Tipp: Bereite dich vor. Meistens stellen unsere Mitmenschen uns immer wieder dieselben Fragen über unseren Glauben. Wir sollten vorbereitet sein, wenn man uns fragt, damit wir dann nicht dumm aus der Wäsche gucken. Aber wie kann man sich auf so was vorbereiten? Hier sind vier einfache „Übungen", wie du dich auf die Fragen deiner Freunde wappnen kannst:

Übung 1: Versuche in drei Minuten die Frage zu beantworten: „Warum glaubst du an Gott?" Schnapp dir am besten einen Notizettel und überlege zum Schluss, ob deine Antwort für dich überzeugend ist.

Übung 2: Erzähle in drei Minuten, wie du Christ geworden bist – und warum. Persönliche Geschichten interessieren deine Freunde viel mehr als religiöse Theorien, die sie in jedem Sachbuch nachlesen können.

Übung 3: „Übe" deine Gespräche in einem Rollenspiel mit anderen Christen, die du kennst. Macht ein einfaches Spiel daraus: Einer stellt immer provokante und schwierige Fragen (die deine Freunde dir vielleicht auch stellen würden), und der andere muss versuchen zu antworten.

Übung 4: Lass es praktisch werden und probier dich einfach aus. Komm mit Leuten auf der Parkbank oder in der S-Bahn ins

Gespräch. Es fällt vielen leichter, mit wildfremden Leuten über den Glauben zu sprechen als mit ihrer besten Freundin.

Wenn du deinen Freunden von Gott erzählst, dann sag das, was dir auf dem Herzen liegt, aber nicht mehr! Oftmals ist es besser, dem anderen genau zuzuhören, als viele Worte zu machen.

Und wenn du keine Antwort weißt? Also, wenn ich mit Leuten ins Gespräch über meinen Glauben komme, dann ist meine häufigste Antwort auf ihre Fragen: „Das weiß ich leider auch nicht!" Wir müssen nicht auf alles eine Antwort finden, denn wir sind schließlich nicht Gott. Es ist in jedem Fall das Beste, ehrlich zu sein. Wahrscheinlich hast du ja selber noch genügend offene Fragen. Ehrlichkeit schätzen die Menschen am meisten, und sie merken sofort, wenn du eine Antwort an den Haaren herbeiziehst.

Oftmals verlieren sich Gespräche über den Glauben jedoch sehr schnell in theoretischen Fragen wie: „Warum lässt Gott Leid zu?" oder „Kann die Bibel wahr sein?" Diskutieren ist nett, aber bringt meist nichts. Denn Argumente bewegen selten jemanden dazu, an Gott zu glauben. Interessanter dagegen ist, wie Glaube im Alltag praktisch aussieht, wie du Gott erlebst, wie du mit Gott redest und wie er dir hilft, wenn es dir schlecht geht. Deshalb: Wenn du nicht weiterweißt, dann drück den Share-Button und erzähl einfach davon, wie du Gott erlebst. Was du persönlich mit Gott erlebt hast, kann keiner wegdiskutieren und ist hundertmal spannender als eine theoretische Diskussion über die Existenz Gottes.

Natürlich: Es wird immer wieder Freunde geben, die nichts über deinen Glauben wissen wollen. Dann predige sie nicht an, sondern lebe das, was du glaubst. Dann werden sie früher oder später bestimmt ein paar Fragen stellen!

Vers des Tages

Ich schäme mich in keiner Weise dafür, die Botschaft vom Gekreuzigten weiterzugeben. Denn ich habe erlebt, wie diese Botschaft Menschen rettet, die sich auf sie verlassen.
(Römer 1,16; WD)

Aktion des Tages

Alles fängt mit kleinen Schritten an: Such dir eine der Übungen von oben aus – und probiere sie aus!

Daniel Harter

Smogalarm

Vom Umgang mit Zweifeln

Smog: Kofferwort aus dem engl. *smoke* (Rauch) und *fog* (Nebel). Bezeichnet eine Schicht aus Rauch und Abgasen, die in der Luft über einer Stadt oder einer Fabrik liegt.

Asham ist Maiskolbenverkäufer. Mit seinem mobilen Verkaufsstand zieht er morgens über die hubbelige Straße. Wie immer um diese Zeit muss er sich ein Tuch vor das Gesicht halten. Die Luft in der Millionenmetropole Bangkok ist stickig und voller Abgase. Asham kann kaum bis zur anderen Straßenseite gucken. Von der schlechten Luft wird ihm ganz schlecht.

Franz fährt mit 50 Kilometern pro Stunde über die Autobahn. Er kneift die Augen zusammen, aber es wird nicht besser. So einen dichten Nebel hat er noch nie erlebt. Er wird unsicher, schaltet die Nebelschlussleuchte ein und bremst weiter ab.

Thomas sitzt in einem dunklen Zimmer und grübelt. Er geht in seinem Kopf noch mal alles durch. Nein, das kann einfach nicht sein. Er kann, nein, er will das nicht glauben. So wie seine Freunde das erzählen, kann es nicht gewesen sein. Er legt den Kopf in seine Hände und wünscht sich nur eins: einen handfesten Beweis.

Asham und Franz haben beide erlebt, wie der Smog beziehungsweise der Nebel ihr Leben beeinträchtigt. Sie sehen nicht mehr klar. Bekommen Angst. Asham wird sogar krank. Für Asham ist der Smog ein Dauerzustand. Der Nebel ist für Franz dagegen nur eine kurze Episode.

Und Thomas? Auch er sieht nicht mehr klar. Sein ganzes Leben wurde innerhalb weniger Tage auf den Kopf gestellt. Vor wenigen Tagen noch wurde ihr Anführer – sein großes Vorbild – jubelnd in der Stadt in Empfang genommen. Er dachte, dass sich jetzt die Macht seines Meisters durchsetzen wird. Aber dann der Schock: Sein Meister wird verhaftet, geschlagen, ausgepeitscht. Dessen Anhänger laufen weg. Auch Thomas. Aus weiter Ferne sieht Thomas die schrecklichsten Momente seines Lebens. Er hört die Schreie. Sein Meister, sein Freund, der, der sie alle erlösen sollte, stirbt an einem Kreuz. Es gibt nur eine Schlussfolgerung: Er war doch nur ein ganz normaler Mensch und hatte sie alle angelogen.

Thomas war am Boden zerstört. Und es kam noch schlimmer. Sie trafen sich heimlich weiter, seine Anhänger. Einmal stieß er später zu einer ihrer Versammlungen dazu. Aber anstatt Trauer und Wut erlebte er Begeisterung und Freude. Thomas war irritiert. Petrus schrie es als Erster: „Der Meister war da. Er ist auferstanden! Wir haben ihn alle gesehen!“ Thomas’ Blick verschwamm, ihm wurde schwindelig und er stotterte: „Nein, das kann nicht sein.“ Aber alle riefen begeistert durcheinander und bestätigten das Wunder. Thomas sagte erst nichts und dann war ihm klar: Er kann das nicht glauben. „Erst wenn ich ihn und seine Wunden anfasse, dann werde ich glauben, dass Jesus auferstanden ist“ (nach Johannes 20,25).

Thomas ist einer der Jünger von Jesus und seine Geschichte kannst du in Johannes, Kapitel 20, nachlesen. Thomas hat im

Laufe der Kirchengeschichte einen Zusatznamen bekommen: „der Zweifler". Ich glaube nicht, dass er sehr glücklich darüber wäre, so bezeichnet zu werden. Oder würdest du etwa gerne den Beinamen „der Zweifler" haben? Also, ich würde lieber „Chris, der Mutige" oder „Chris, der Hübsche" genannt werden ... Aber Thomas ist nun mal als „der Zweifler" bekannt geworden. Und gerade deswegen mag ich Thomas so sehr. Weil er wie ich und wie fast alle Christen ist: Er zweifelt – aber nicht etwa daran, dass Jesus gelebt hat. Das tue ich auch nicht, dafür gibt es sehr viele wissenschaftliche Beweise. Aber ich zweifele – genau wie Thomas – immer wieder an der Macht Gottes. Und ich zweifle an der Liebe Gottes für mich. Und daran, ob er die Idioten dieser Welt auch liebt. Und wenn ich ganz ehrlich bin, zweifle ich auch daran, ob das mit der Bibel alles zu hundert Prozent stimmt. Darf ich das als Christ? Darf ich das als Jugendpastor? Darf ich das als Andachtsbuchautor?

Ich sage Ja! Denn unsere Religion ist kein Wissen, sondern ein Glaube. Und Glaube in der Bibel heißt im Grunde genommen: vertrauen. Ich weiß nicht hundertprozentig, ob Gott mich liebt, aber ich vertraue darauf. Und ich bin wie Thomas und bitte Gott, sich mir zu zeigen. Und das hat er in meinem Leben immer wieder getan. Ist das dann ein hundertprozentiger Beweis? Nein. Glauben erfordert immer wieder Vertrauen. Und Mut. Liebe übrigens auch.

Es ist so gut, dass ich meine Zweifel mit anderen Christen und mit Gott besprechen kann. Wie oft hat ein Gespräch oder Gebet mit einem Freund schon mein Vertrauen gestärkt. Also, wenn du Zweifel hast, dann bleib damit nicht allein! Im Smog und im dicksten Nebel des Glaubens ist Gott genauso da!

Die Geschichte von Thomas geht übrigens noch weiter. Als Jesus das nächste Mal seinen Jüngern erschien, war auch Thomas anwesend. Und da wandte Jesus sich ihm zu und forderte ihn auf: „Leg deinen Finger auf meine durchbohrten Hände! Gib mir deine Hand und leg sie in die Wunde an meiner Seite! Zweifle nicht länger, sondern glaube!“ Und Thomas antwortete: „Mein Herr und mein Gott!“ (Johannes 20,27–28; Hfa). Aus dem Zweifler war nun ein Staunender geworden. Und das wünsche ich mir und auch dir, wenn du mal an Gott zweifelst: dass wir immer wieder unsere Zweifel zu Gott bringen und über sein Wirken staunen können.

Vers des Tages

Jesus sagte zu ihm [Thomas]: „Du glaubst, weil du mich gesehen hast. Wie glücklich können erst die sein, die mich nicht sehen und trotzdem glauben!“ (Johannes 20,29; Hfa)

Aktion des Tages

Heute ist Stauntag! Erzähle Gott zuerst von deinen Zweifeln, und dann mach dich auf die Suche nach Dingen, über die du staunen kannst. Beschäftige dich zum Beispiel mal damit, wie genial das Universum funktioniert – mit all seinen verschiedenen Galaxientypen. Oder guck dir an, wie wunderschön eine einzelne Blume aussieht mit ihren Farbschattierungen und ihrer Blütenform. Oder wie wunderschön Gott das Gesicht eines lieben Menschen gemacht hat. Oder betrachte einmal deinen Körper und mach dir bewusst, wie toll er funktioniert.

Christoph Pahl

YouTube

Nutze deine Zeit bestmöglich

You|Tube: äußerst beliebtes Videoportal. 67 Prozent aller Teens verbringen lt. einer Umfrage täglich Zeit damit. Drei Viertel schauen mehr als 20 Minuten pro Session. Jeder Sechste ist sogar mehr als eineinhalb Stunden auf der Videoplattform.[3]

Permanent scrollen wir durch unsere Feeds auf Instagram, Facebook und WhatsApp. Zack – und schon sind wir auf YouTube, um uns einen Clip anzuschauen, den einer unserer Freunde gepostet hat. Ach, und warum nicht auch mal schnell auf Snapchat schauen, was da gerade so los ist? Die Fülle an Infos nimmt keine Grenzen. Jeder hat ein Smartphone und ständig wird damit gedaddelt, gewhatsappt, gepostet. So, als hätte niemand etwas anderes zu tun. Und wenn der Akku leer und kein Ladekabel bzw. keine Steckdose oder Powerbank in der Nähe ist: Hilfe! Dann wird's unerträglich: Dann fühlen wir uns abgeschnitten von der Welt, sind einsam und wissen einfach nichts mehr mit uns anzufangen. Kennst du das?

Unsere Generation daddelt und klickt so viel rum wie keine andere Generation vor uns dank des mobilen Internets.

Permanent sind wir in den sozialen Netzwerken unterwegs oder in WhatsApp-Gruppen aktiv. Hm. Ich überlege gerade, ob dieser Zustand eigentlich okay ist. Mich würde mal interessieren, wie Jesus die sozialen Medien nutzen würde, und vor allem: wie viel Zeit er damit verbringen würde.

Ich weiß, so genau kann man das natürlich nicht beantworten, weil wir Jesus nicht face to face fragen können. Aber wir könnten ja mal einen Blick in die Bibel werfen, um dieser Frage auf die Spur zu kommen. Also, eine Bibelstelle habe ich beim Schreiben dieser Andacht gefunden:

„Macht den bestmöglichen Gebrauch von eurer Zeit, gerade weil wir in einer schlimmen Zeit leben" (Epheser 5,16; NGÜ).

Der Vers sagt: Nutze deine Zeit sinnvoll, denn deine Lebenszeit ist extrem wertvoll. Du weißt nie, wie lange du noch leben wirst, ob du noch ein Jahr hast oder einmal 85 wirst. Doch eins ist klar: Irgendwann, zu einem Zeitpunkt, den nur Gott kennt, ist das Leben zu Ende. Dann kannst du nichts mehr tun. Weil das Leben endlich ist, bekommt die Zeit einen unermesslichen Wert.

Stell dir vor, du freust dich auf einen ganz besonderen Tag in deinem Leben. Zum Beispiel den Tag, an dem du deine Prüfungen bestanden hast oder den Führerschein in der Hand hältst. Oder deinen Geburtstag oder deine Konfirmation feierst. Wenn dir dieser Tag sehr wichtig ist, planst du ihn wahrscheinlich schon lange im Voraus. Wahrscheinlich würdest du an diesem Tag alles Unnötige weglassen, nicht wahr? Du wirst vermutlich keine langen Telefongespräche mit irgendwelchen entfernten Bekannten führen und auch dein Smartphone wird vermutlich eher eine untergeordnete Rolle spielen. Denn die Menschen, mit denen du diesen besonderen Tag „live" verbringen willst, sind dir viel wichtiger. Du hast ganz klar Prioritäten gesetzt. Du weißt, was das Wichtigste an diesem Tag ist: mit deinen Freunden, mit deiner Familie zusammen sein. Den Tag an einem besonderen Ort verbringen oder etwas Besonderes essen. Sich Zeit füreinander nehmen.

Auch im ganz normalen Alltagsleben ist es ungemein wichtig, dass du weißt, was wirklich wichtig ist. Du kannst so viele Dinge tun, so viel ausprobieren ... durch Instagram, Facebook, WhatsApp und Co wirst du permanent inspiriert. Und zack – schon wieder ist eine Stunde rum. Damit du dich nicht verzettelst und deine Zeit nicht ziellos verpulverst, ist es gut, dir ein paar Gedanken darüber zu machen, wie du deine Zeit sinnvoll nutzen willst. Hier eine kleine Fragen-Checkliste:

- Will ich in wirklich gute Beziehungen und Freundschaften investieren oder bin ich mit vielen oberflächliche Freundschaften zufrieden?
- Will ich mit meinem Leben Menschen prägen oder geht es mir eher darum, dass ich persönlich ein schönes Leben habe?
- Will ich auf Kosten anderer Menschen leben oder will ich einen Beitrag dazu leisten, damit es anderen Menschen gut geht?
- Was sind meine Stärken und Leidenschaften und wie kann ich diesen auf die Spur kommen und sie einsetzen?
- Will ich in eine immer vertrauter werdende Beziehung zu Gott hineinwachsen oder reicht es mir zu wissen, dass er da ist?

Wie du lebst, was du mit deiner Zeit machst, ist ein Statement. Ein Statement, das aussagt, was dir wichtig ist und wofür dein Herz schlägt. Dein Leben ist für die Menschen um dich herum wie ein Post, der ihnen mitteilt, wen und was du in deinem

Leben an die erste Stelle setzt. Also: Was belegt in deinem Leben die vordersten Plätze? Dein Smartphone? Der Fernseher? Oder deine Freundschaften, deine Familie, deine Beziehung zu Gott, deine Mitmenschen?

Vers des Tages

Achtet sorgfältig darauf, wie ihr lebt; handelt nicht unklug, sondern bemüht euch, weise zu sein. Nutzt jede Gelegenheit, in diesen üblen Zeiten Gutes zu tun. Handelt nicht gedankenlos, sondern versucht zu begreifen, was der Herr von euch will. (Epheser 5,15–17; NL)

Aktion des Tages

Nimm dir heute einige Minuten Zeit, um über die Fragen oben nachzudenken. Wo merkst du, dass du dich in Dingen verlierst, die nicht so wichtig sind? In welchen Bereichen sehnst du dich nach Veränderung? Bitte Gott, dir dabei zu helfen, Prioritäten zu setzen und deine Zeit in den entsprechenden Bereichen zukünftig besser einzusetzen.

Nelli Löwen

DIY

Der Heilige Geist – ein kreativer Raumplaner

DIY: steht nicht etwa für „Daerah Istimewa Yogyakarta“ oder „Daniela isst Yoghurt“, sondern für „Do it yourself“.

DIY ist absolut im Trend. Kreativ und handwerklich aktiv sein – ganz gleich, in welcher Richtung – ist seit ein paar Jahren wieder total angesagt. Vielleicht bist du ja auch im Selbermach-Fieber. Das Internet wimmelt von Anleitungen zum Schrauben, Reparieren, Verbessern, Basteln, Wiederverwenden oder Upcyceln.

Das Einrichten einer Wohnung gehört vielleicht zu den größten DIY-Projekten. Den kreativen Möglichkeiten sind hierbei im Prinzip keine Grenzen gesetzt – außer die, die man sich selber setzt. Vielleicht hat man ein preisliches Limit oder man ist handwerklich nicht so begabt, sodass man auf Hilfe von anderen angewiesen ist. Aber fest steht: Jedem ist es möglich, sich eine schöne Wohnung einzurichten, nicht zuletzt dank der vielen Do-it-yourself-Bücher und diversen Einrichtungsblogs. Das Outfit des neuen Wohnzimmers oder seines eigenen Zimmers gibt es schließlich nicht von der Stange.

Vor einiger Zeit habe ich mir einen „kreativen Raumplaner" gekauft, ein Buch, das dabei helfen soll, auch kleine Ecken und Nischen kreativ einzurichten, sodass sie in das Gesamtkonzept passen. Ich freue mich schon darauf, einige Tipps bei der nächsten Wohnungseinrichtung umzusetzen. Denn bald habe ich wieder das Vergnügen dazu ...

Auch wenn das Thema „Wohnung einrichten" für dich vielleicht zurzeit noch nicht dran ist: Wusstest du, dass der Heilige Geist sich in deiner inneren Wohnung einrichten will? Wenn du Gott dein Leben anvertraut hast und du mit Jesus unterwegs bist, dann lebt der Heilige Geist in dir. Paulus schreibt davon, dass unser Körper ein Tempel des Heiligen Geistes ist. Und er ergänzt: „Der Geist, den Gott euch gegeben hat, wohnt in euch, und ihr gehört nicht mehr euch selbst" (1. Korinther 6,19; NGÜ). Es liegt also an uns, wie viel Raum wir ihm geben und wie wir diesen Raum gestalten. Oft vermitteln wir ihm das Gefühl, dass er, bitte schön, nur im Gästezimmer bleiben soll, dass wir ihn dulden, weil wir ja mit Jesus leben. Aber ihm so wirklich die Freiheit geben, sich überall in unserer Wohnung aufzuhalten? Nee, das muss ja nicht sein. Er soll mehr sein als ein Gast? Er soll sich dauerhaft im ganzen Haus niederlassen und in diversen Lebensfragen Mitspracherecht bekommen? Puh, och nee, das muss doch nicht direkt sein, oder? Ich soll das, was mir im Leben wichtig ist, mit ihm durchsprechen? Er soll mich in Sachen Beziehung und Partnerschaft beraten? Er soll mich bei der Berufswahl unterstützen? Nee, das kann ich doch schon alleine. Er muss doch echt nicht überall seine Nase reinstecken, oder?

Wenn wir den Geist Gottes ins Gästezimmer verbannen, machen wir ihm damit klar: Du bist hier als Mitbewohner nicht erwünscht. Ja, vielleicht stecken wir ihn irgendwann sogar in die Besenkammer, weil wir das Gästezimmer jetzt selber brauchen, um uns ein DVD-Zimmer oder eine Chill-Lounge einzurichten. Und der Heilige Geist kämpft nicht. Er nimmt den Raum ein, den wir ihm geben. Es liegt voll und ganz an unserer persönlichen Entscheidung.

Und diese Entscheidung hat eine große Auswirkung auf unser Leben. Vielleicht merken wir es nicht sofort, wie sehr wir uns selbst berauben, wenn wir dem Heiligen Geist nur wenig Raum geben. Wir merken nicht, wie sehr wir uns abmühen, um Erfolg zu haben. Wir merken nicht, wie schnell wir unzufrieden und undankbar sind und Sorgenpakete mit uns herumschleppen. Doch es ist so: Wenn der Heilige Geist sich willkommen fühlt und er die Freiheit hat, in jeder Ecke unseres Lebens zu wohnen, dann passiert etwas Wunderbares: Er gestaltet unsere innere Wohnung mehr und mehr um. Sie wird immer schöner, interessanter und bunter, weil er sich als „kreativer Raumplaner" in unserem Leben betätigen kann. Und daran können wir erkennen, dass etwas in uns verwandelt wird: Wir werden zufriedener. Freundlicher. Dankbarer. Gelassener. Ist doch eigentlich eine coole Sache, oder?

Vers des Tages

Habt ihr denn vergessen, dass euer Körper ein Tempel des Heiligen Geistes ist? Der Geist, den Gott euch gegeben hat, wohnt in euch, und ihr gehört nicht mehr euch selbst. (1. Korinther 6,19; NGÜ)

Aktion des Tages

Fühlt sich der Heilige Geist in deiner inneren Wohnung wohl? Darf er sich da frei bewegen? Was würde sich in deinem Leben verändern, wenn er mehr Raum bekommen und dich in jeder Frage deines Lebens beraten könnte? Was genau kannst und willst du verändern? Bitte Gott um den Mut, dem Heiligen Geist in dir ganz Raum zu geben. Und dann schau, was passiert.

Nelli Löwen

Pageturner

Gott wendet alles zum Besten

Page|tur|ner: Bezeichnung für ein fesselndes Buch. Page & Turner nennt sich auch ein deutscher Buchverlag, der mit dem Slogan „Bücher mit höchstem Lesevergnügen" wirbt.

Ohne Frage: Bücher können fesselnd sein – besonders Krimis und Romane. Aber noch besser als der spannendste Pageturner, finde ich, ist das wahre Leben. Mein Lebenskrimi war besonders in den letzten Jahren sehr spannend. Mehr als einmal hatte ich mir gewünscht, einfach mal ein paar Seiten vorblättern zu können, um vorab das Ende der Geschichte zu lesen. Ich wollte einfach nur wissen, ob der Held am Schluss überlebt oder ob das Happy End ausbleibt ...

Ist es dir auch schon mal passiert, dass du eine Geschichte gelesen oder einen Film geschaut und gedacht hast: *Die Situation ist aussichtlos. Die Geschichte wird bestimmt kein gutes Ende nehmen.* – Und dann kommt die Stelle, wo sich doch noch mal alles um 180 Grad dreht? Genau das ist mir passiert – aber im echten Leben:

Ich war 35 und immer noch Single. Ich begann den Mut zu verlieren. Einige Freunde fragten mich, ob meine Vorstellungen vom anderen Geschlecht vielleicht etwas unrealistisch seien oder meine Ansprüche schlichtweg zu hoch. Mein Glauben, dass Gott noch etwas Gutes mit meinem Leben vorhatte, wurde schwer auf die Probe gestellt. Irgendwie schien alles in eine Sackgasse zu laufen, aus der es keinen Ausweg gab. Manchmal hatte ich Angst, die nächste Seite meines Lebensbuches aufzuschlagen, weil weit und breit kein Happy End in Sicht war. Dann traf ich auf einer Grillparty dieses wirklich umwerfende Mädchen. Sie war nicht nur intelligent und liebte Gott von Herzen, sondern war obendrein noch unfassbar hübsch. In einem einzigen Augenblick hatte ich mein Herz verloren. Aber obwohl ich mir wirklich alle Mühe gab, kam ich nicht an sie ran. Jeder Versuch, sie auf ein Date einzuladen, scheiterte kläglich. Es blieb mir also nichts anderes übrig, als es ganz klassisch zu probieren und ihr einen Liebesbrief zu schreiben – von Hand. Doch wer hoch fliegt, fällt auch tief, und der Aufprall schmerzte, als sie mir sanft einen Korb gab.

Ein weiteres Jahr verging, aber ich bekam sie nicht aus meinem Kopf. Dann nahm ich all meinen Mut zusammen und probierte es ein zweites Mal: mit einem handfesten Liebesgeständnis. Aber auch dieses Mal war die Antwort ein klares Nein – und der taffe Ritter, der angetreten war, die Prinzessin zu erobern, trat geknickt den Rückzug an. Ich löschte alle ihre Kontaktdaten, kündigte die Facebook-Freundschaft und beerdigte diesen Traum. Jetzt brauchte ich dringend einen Pageturner. Einen Regisseur, der meiner Geschichte eine gute Wendung schenken konnte. Jemanden, der meine Lebensgeschichte wieder zu einem wahren Pageturner macht.

Ich hätte mir nie im Leben erträumt, dass das möglich ist! Aber was bei Menschen unmöglich ist, ist mit Gott möglich (steht in Matthäus 19,26). Gott schreibt die spannendsten

Pageturner. Er kann das Blatt wenden, gerade dann, wenn es ausweglos scheint. Eineinhalb Jahre später waren wir uns wieder begegnet. Es hat gefunkt, es gab ein Feuerwerk (besser gesagt: einen ganzen Waldbrand) und heute ist sie meine Frau. Eine Geschichte mit Happy End.

Man kann nie wissen, wie eine Geschichte verläuft und wie sie endet – es sei denn, man ist der Autor oder der Regisseur. Deshalb mache ich mir immer wieder klar: Gott ist der Autor meines Lebens. Er ist der „Pageturner" – der, der die Dinge zum Guten wenden kann. Er ist immer da am stärksten, wo wir schwach sind. Zu Paulus hat er mal gesagt: „Meine Kraft ist in den Schwachen mächtig!" (2. Korinther 12,9) Und zu Jeremia: „Schaut nach vorne, denn ich will etwas Neues tun! Es hat schon begonnen!" (Jesaja 43,19). Am Nullpunkt der Geschichte bringt er die Wendung.

Wenn du also gerade das Gefühl hast, dein Leben ist langweilig oder schwierig oder verwirrend, dann denk dran, dass du nicht der Regisseur deines Lebens bist. Gott allein weiß, wie es weitergeht. Er überblickt dein ganzes Leben, wo du nur bis zur nächsten Wegbiegung gucken kannst. Er sieht Möglichkeiten, an die du gar nicht denkst. Er kennt Wege, die du jetzt gar nicht sehen kannst. Er kann einen U-Turn schaffen, wenn du in einer Sackgasse steckst. Vertraue dich Gott mit all deinen Fragen und Zweifeln an. Und denk dran: Er hat das Beste für dich im Sinn!

Vers des Tages

Wer Gott liebt, dem dient alles, was geschieht, zum Guten. (Römer 8,28; Hfa)

Aktion des Tages

Reiße die nächste Seite aus dem Buch und klebe sie an deinen Spiegel und erinnere dich daran, dass es Hoffnung gibt, weil Gott das Blatt wenden kann.

Daniel Harter

Macho

Echte Kerle wissen, wo ihre Kraft herkommt

Ma|cho: sprich: ['matʃo]; („männlich, Männchen"), ist ein Lehnwort aus dem Spanischen. Bezeichnung für einen Mann, der sich übertrieben männlich verhält.

ACHTUNG! In dieser Andacht wende ich mich in erster Linie an das männliche Geschlecht. Aber ich denke, auch die Mädels können einiges lernen ... ☺

Ich habe Jungs zwischen 14 und 30 Jahren gefragt, welche Begriffe ihnen zum Thema „Mann sein" einfallen. Hier eine kleine Auswahl: Härte, Egoismus, Ehrlichkeit, Fußball, Sport, Muskeln, Wettkampf, Stärke, Technik, Rationalität, Bier, Vater, Bart, Verantwortung, Whiskey, Angeln, nebeneinandersitzen, Adrenalin, Aggressivität, Entscheidungen treffen, Autos, Penis, Mut, Kämpfer, Dreck, Büroarbeit, Opferbereitschaft, Wärme, irgendwie immer ein Junge bleiben.

Erstaunlich ist, dass am häufigsten Wörter wie „stark" „Stärke" oder „Muskeln" genannt wurden. Müssen Männer stark sein? Sind schwache Männer keine Männer? Denn der Macho steht ja für einen Mann, der immer einen coolen Spruch auf den Lippen hat, Stärke ausstrahlt, ein Frauenheld ist und keine Gefühle kennt. Ist das männlich? Wie stark muss ein Mann sein?

Schauen wir uns einfach mal den stärksten Mann der Bibel an. Das ist wirklich eine abgefahrene Geschichte, und ich empfehle dir sehr, im Buch Richter mal die Kapitel 14–16 zu lesen. Schon die Geburt dieses Mannes, er hieß Simson, war etwas Besonderes. Seine Eltern gehörten zum Volk Israel, das zu der Zeit von dem Volk der Philister unterdrückt wurde. Seine Mutter konnte eigentlich keine Kinder bekommen, aber nach der Ankündigung eines Engels wird Simson geboren. Als junger Mann verliebte er sich ausgerechnet in eine Philisterin, was zu jeder Menge Probleme führte. Immer wieder zeigte Simson seine unbändige Kraft. Er tötete einen Löwen mit bloßen Händen, er fing mal eben schnell hundert Füchse und erschlug mit einem Knochen tausend Feinde. Aber es gab ein Geheimnis, warum Simson so stark war. Die Philisterin Delila, in die Simson verliebt war, versuchte dieses Geheimnis zu lüften. Nach langem Hin und Her verriet er ihr schließlich das Geheimnis: dass er all seine Kräfte verlieren würde, wenn man ihm seine Haare abschneidet. Genau das taten die Philister dann und Simson wurde eingesperrt. Doch die Haare wuchsen wieder und so kam Simsons Stärke zurück. Am Ende riss er einen ganzen Tempel nieder, aber starb dabei und mit ihm Tausende Philister. Bleibt noch zu erwähnen, dass immer wieder Frauen seine größte Schwäche waren oder er ihnen seine Schwächen offenbart hat, was diese immer wieder ausnutzten.

Was lernen wir jetzt von Simson? (Okay, sicher nicht, dass wir Frauen niemals Geheimnisse anvertrauen sollen ...)

1. Simson hat Schwächen

Der stärkste Mann der Bibel hat Schwächen. Er ist nicht ehrlich zu seinen Eltern. Er geht zu Prostituierten. Und er verfällt der Schönheit der Frauen. Jeder Mensch hat Schwächen. Machos geben das nicht zu. Echte Kerle dagegen wissen, dass sie Schwächen haben und können das zugeben. Und sie lassen sich helfen und arbeiten daran.

2. Simsons Stärke hat ein Ziel

Die Geschichte ist wirklich brutal. (Andersgläubige werden einfach erschlagen.) Die Feinde, denen wir heute gegenüberstehen, heißen: Armut, Ungerechtigkeit, Lieblosigkeit ... Simson hat seine Stärke nicht bekommen, um gut auszusehen oder anzugeben. Simsons Kraft hatte ein Ziel: die Feinde zu besiegen und damit anderen etwas Gutes zu tun. Echte Kerle setzen ihre Stärke für andere ein und nicht gegen sie.

3. Die Stärke Simsons kommt von Gott

Bevor Simson den Löwen zerreißt, lesen wir: „Der Geist des Herrn nahm Besitz von ihm" (Richter 14,6). Und immer wieder wird in dieser Geschichte klar: Simson bekommt seine Stärke von Gott geschenkt. Gottes Geist machte ihn stark. – Wir müssen nicht den Starken spielen, weil Gott unsere Stärke ist.

Also: Starke Männer sind gerade keine Machos. Sie kennen ihre Schwächen, setzen ihre Kraft für das Gute ein und wissen, wer ihr Kraftspender ist.

Vers des Tages

Simson betete: „Mein Herr und Gott! Höre mich und gib mir noch einmal meine alte Stärke." (Richter 16,28)

Aktion des Tages

Schreibe auf ein Blatt rechts alle deine Stärken. Was kannst du gut? Auf der linken Seite schreibe deine Schwächen. Was fällt dir schwer? Dann suche dir jeweils einen Punkt raus: eine Stärke, die du heute für andere einsetzen willst, und eine Schwäche, an der du heute (mit Gott) arbeiten willst.

Christoph Pahl

Dachschaden

Warum Freundschaft so wertvoll ist

Dach|scha|den, einen ~ haben: einen Tick haben, verrückt sein.

Liebe macht erfinderisch und mutig. Hast du auch schon mal aus lauter Liebe zu einem Menschen etwas völlig Verrücktes gemacht? Einen Liter Cola ex getrunken oder bist vom 10-Meter-Turm im Schwimmbad gesprungen, einfach um jemanden zu imponieren? Ein Bekannter von mir hat mal seiner Geliebten einen Liebesbrief auf eine ganz besondere Art und Weise zukommen lassen: Da sie in einem Gebäude wohnte und arbeitete, in dem nur Frauen Zutritt hatten, schnappte er sich eines Tages einfach seine Angel – die er sonst nur zum Fischengehen benutzte –, befestigte den Liebesbrief am Haken, stellte sich unter das Fenster seiner Angebeteten (sie wohnte im dritten Stock) und schleuderte mit einem gezielten Wurf die geschriebene Liebeserklärung vor ihre Füße – sie sind noch heute glücklich verheiratet!

Die genialsten Geschichten passieren, wenn sich ein Mensch aus Liebe zu einem anderen etwas Verrücktes einfallen lässt, um ihm zu helfen. Während des Zweiten Weltkriegs gab es zum Beispiel Menschen, die Juden in ihrem Haus versteckt hielten, um sie vor ihren Verfolgern zu schützen. Am 11. September 2001 liefen ein paar Mutige in New York in das brennende World Trade Center, um Menschen zu retten. Unmögliches wird möglich, wenn die Liebe Menschen antreibt. Auch wenn dabei vielleicht ein Dachschaden das Ergebnis ist. Kennst du die Geschichte von der wunderbaren Heilung eines Gelähmten? Hier ist sie:

Da kamen ein paar Männer, die einen Gelähmten auf einer Bahre trugen. Sie suchten nach einer Möglichkeit, wie sie in das Haus gelangen und ihn vor Jesus absetzen konnten. Da es wegen der Menschenmenge aber überhaupt nicht möglich war, in das Haus hineinzukommen, stiegen sie auf das Dach, entfernten ein Stück der Dachabdeckung und ließen den Gelähmten mitten unter die Leute und direkt vor Jesus hinunter. Dieser war von ihrem mutigen Glauben beeindruckt und sagte zu dem Gelähmten: „Freund, deine Sünden sind dir vergeben." (Lukas 5,18–20; WD)

Verrückt, oder? Da steigen die Freunde des Gelähmten Jesus einfach aufs Dach. Im wahrsten Sinne des Wortes. Aber Jesus ist nicht etwa empört darüber, sondern staunt über den Glauben der Freunde. Und darüber, wie viel Einsatz sie zeigen, ihrem Freund zu helfen. Und dann wendet er sich dem Gelähmten zu und macht ihn gesund. Hast du auch solche Freunde – Menschen, die sich das Unmöglichste einfallen lassen würden, um dir in einer schwierigen Situation weiterzuhelfen? Um dir zu zeigen, dass du ihnen wichtig bist? Die Story aus Lukas 5 zeigt, wie wertvoll Freunde sind. Ohne sie wäre das Leben viel schwieriger zu bewältigen. Wir alle brauchen echte, ehrliche Freundschaften, Menschen, die mit denen wir Freude und Leid teilen können. Auch Jesus hatte eine Gruppe von engsten Freunden – die Jünger. Mit ihnen hat er gegessen, gelacht, seine Sorgen geteilt und seine Leidenschaft für Gott und die Menschen. Es lohnt sich, Menschen näher kennenzulernen, sich für sie zu interessieren, ihnen Wertschätzung entgegenzubringen und ihnen beizustehen. Denn das kann der Anfang einer wunderbaren Freundschaft werden! Und manchmal ist es auch nicht verkehrt, einen Dachschaden zu haben ...

Vers des Tages

Auf einen Freund kannst du dich immer verlassen; wenn es dir schlecht geht, ist er für dich wie ein Bruder (Sprüche 17,17; Hfa).

Aktion des Tages

Lies dir den Bibeltext aus Lukas 5,17–26 durch und versuche dich nacheinander in folgende Personen hineinzuversetzen:

- in die Freunde des Gelähmten: Was hat sie motiviert, ihren Freund zu Jesus zu bringen? Gibt es auch einen Menschen in deinem Leben, den du auf irgendeine Weise näher zu Jesus bringen kannst?
- in den Gelähmten: Welche Gedanken sind wohl die ganze Zeit durch seinen Kopf gegangen? Hast du auch schon mal so eine kreative Hilfe erlebt?

Detlef Kühlein

Follower

Gottes Stimme folgen

Fol|lo|wer: (follow, engl. für folgen) ist ein Nutzer in sozialen Netzwerken, der den Status-Updates eines anderen Nutzers „folgt". Dies gilt besonders für den Microblogging-Dienst Twitter.

Wenn wir als Kinder unsere Großeltern besuchten, dann war es immer das Highlight, wenn mein Opa am Abend die Schafe von der Weide zurück in den Stall holte. Wir Kinder durften dann dabei zusehen, wie die kleinen Zotteltiere abends ihren Heimweg antraten. Dabei mussten wir aber immer ein wenig Abstand halten, weil die Schafe sonst Angst hatten. Das Faszinierende dabei war: Sie hörten immer nur auf die Stimme meines Opas. Auf uns hörten sie nicht, ja, sie liefen sogar weg, wenn wir Kinder herumquakten.

Schafe sind zwar nicht besonders intelligente Tiere, aber eines muss man ihnen lassen: Sie wissen, wer ihr Hirte ist – und wer nicht. Sie folgen nicht irgendjemandem, sondern nur dem, zu dem sie gehören. Für Schafe ist es wichtig, die Stimme ihres Hirten zu kennen, um nicht dem Falschen zu folgen. Zur Zeit Jesu war es so, dass sich oftmals mehrere Schäfer einen großen

Stall teilten. Trotzdem wusste jedes Schaf ganz genau, welchem Hirten es folgen musste. Ich finde, das ist ganz schön schlau.

Wir Menschen haben auch einen Hirten – Gott. Aber ständig beanspruchen viele andere Stimmen unsere Aufmerksamkeit und jeder möchte, dass wir sein „Follower" werden, seinen Kanal abonnieren oder ihm einen „Gefällt mir"-Klick schenken. Wem folgst du? Dem neuesten Modetrend? Dem Meinungsführer in deiner Klasse? Den Nachrichten über einen Menschen, den du richtig cool findest? Deinen Freunden?

Nun ist es ja nicht falsch, sich darüber zu informieren, was so abgeht in der Welt und in deiner Umgebung. Schwierig wird's nur, wenn du dein Leben nach der Meinung eines anderen ausrichtest, der dir einreden will, du müsstest dies oder jenes denken, anziehen oder tun, um „in" zu sein.

Weil so viele Stimmen ständig auf uns einprasseln, ist es schlau, es zu machen wie die Schafe meines Opas: auf die Stimme des Hirten zu hören. Denn ein Hirte hat stets das Beste für seine Schäfchen im Sinn. Jesus ist für uns der Gute Hirte, und wir die Schafe, die seine Stimme kennen und ihm folgen sollen. Aber wie geht das praktisch? Wie können wir Gottes Stimme von den anderen Stimmen unterscheiden? Auf welche Weise redet Gott denn zu uns? Oder anders ausgedrückt: Wie können wir die Kurznachrichten, die Gott uns schickt, empfangen und verstehen? Hat Gott einen Twitteraccount, und wenn ja, was schreibt er so?

1. Gott spricht durch die Bibel. Gott hat manche Dinge in seinem Wort sehr klar formuliert, und dieses Reden Gottes hast du schwarz auf weiß. Zum Beispiel: Du bist wertvoll und geliebt (siehe Jesaja 43,4). Er hat nur das Beste für dich im Sinn (siehe Jeremia 29, 11). Er sehnt sich danach, dass du Jesus als deinen

Retter annimmst (siehe Johannes 6,28). Er möchte, dass du Gutes tust (siehe Micha 6,8). Er möchte, dass du nach seinen Geboten lebst (siehe Hesekiel 20,19). Und vieles mehr ...

2. *Gott spricht, wenn wir Zeit mit ihm verbringen, durch Gedanken in unserem Kopf.* Es ist ein bisschen so wie mit der Stimme deines Vaters oder deiner Mutter: Auch in einer großen Menschenmenge kannst du diese Stimme raushören, weil sie dir vertraut ist und weil du schon viel Zeit mit ihr verbracht hast. Bei Gott ist es ähnlich: Je mehr Zeit du mit ihm verbringst, umso besser wirst du seine Stimme kennenlernen und umso deutlicher kannst du sie von anderen Stimmen unterscheiden. Um zu prüfen, ob das Gehörte tatsächlich Gottes Stimme ist, checkst du, ob es dem Charakter Gottes entspricht. Gottes Stimme ist „rein und heilig, friedfertig, freundlich ... voll Erbarmen und bringt eine Fülle von Gutem hervor; sie ist unparteiisch und frei von jeder Heuchelei“ (Jakobus 3,17; NGÜ). Außerdem ist ein Gedanke von Gott immer kompatibel mit den Worten der Bibel, denn Gott widerspricht sich nie. Wenn dir also beispielsweise ein Gedanke Angst einjagt, dann war er definitiv nicht von Gott, denn Gott will dir keine Angst machen. Und wenn dir eine Stimme sagt, du sollst es dem anderen heimzahlen, dann war das kein Rat von Gott, denn im Neuen Testament heißt es: „Liebe Freunde, rächt euch niemals selbst, sondern überlasst die Rache dem Zorn Gottes“ (Römer 12,19; Hfa).

3. *Gott spricht auch durch die Schönheit der Schöpfung, durch Umstände in deinem Leben und ebenso durch andere Menschen,* zum Beispiel eine Predigt, die Worte deiner Eltern oder deiner Freunde.

Bei allem gilt: Schalte dein Gehirn nicht offline. Im Gegenteil: Prüfe alles, und nimm nur das an, was gut ist (siehe 1. Thessalonicher 5,21). Wenn du das Gefühl hast, Gott hat zu dir gesprochen, dann schreibe dir am besten alles so genau wie möglich auf, frage andere erfahrene Christen, was sie darüber denken, und bitte Gott, dass er das, was du gehört hast, noch mal bestätigt. Der Grund, warum Gott durch seinen Heiligen Geist zu dir reden möchte, ist, dich zu ermutigen, dir Orientierung im Leben zu geben, dich zu trösten und dir Mut zu machen. Also: Folge Gottes „Hashtag" in deinem Leben. Er ist immer online!

Vers des Tages

Jesus sagt: „Meine Schafe hören auf mich. Ich kenne sie und sie folgen mir. (Johannes 12,27; GN)

Aktion des Tages

Auf Gottes Reden zu hören bedeutet nicht, passiv zu sein, sondern mutig loszugehen und darauf zu vertrauen, dass Gott zu dir spricht und dich leitet. Schreibe dir zwei Dinge auf, von denen du das Gefühl hast, dass sie als Nächstes dran sind – und pack es an!

Daniel Harter

Cupcake

Schmecke Gottes Freundlichkeit

Cup|cake: kleiner Kuchen, der in einer tassengroßen Backform gebacken wird und mit einer Cremehaube versehen ist. Der Begriff wurde erstmals 1796 im Kochbuch „American Cookery“ erwähnt. 1919 wurde der erste Minikuchen verkauft.

Das Kuchenbüfett ist eröffnet. Du bist auf einer Hochzeit und gehst mit einer guten Freundin zum Büfett, um dir etwas Leckeres auszusuchen. Oh, und da siehst du sie wieder: diese appetitanregenden kleinen Törtchen. Mal eine Kirsche auf dem Topping und mal eine Blaubeere. Diese Törtchen sind neben Cake-Pops und anderen besonderen Kaffeespezialitäten derzeit absolut der Renner. Leckereien, die es nur zu besonderen Festlichkeiten gibt. Ich selbst liebe diese kleinen Törtchen. Sie sind schon etwas ganz Besonderes! Wenn ich mal in den Genuss eines solchen Miniküchleins komme, zelebriere ich den Moment und lasse es mir auf der Zunge zergehen. Mmh, lecker!

Manchmal habe ich den Eindruck, dass Gott mir auch immer wieder mal ein „Cupcake“ rüberschiebt. Eine Überraschung. Ein cooles Erlebnis. Einen großartigen „Zufall“. Manchmal in Momenten, in denen ich im Leben nicht damit gerechnet hätte. Ich denke da prompt an meinen Verlobten: Bevor wir uns auf einer Fete kennengelernt haben, hatte ich im Auto gebetet: „Gott, ich möchte auf der Fete keinen Mann kennenlernen." Nun ja, es war nicht so, dass ich generell keine Beziehung haben wollte. Aber zu dem Zeitpunkt war ich innerlich nicht bereit dazu. Ich hatte erst kürzlich eine Trennung hinter mir und wollte jetzt erst einmal eine Zeit lang mein Singlesein genießen. Und plötzlich lernte ich ihn kennen – meinen Traummann. Im Gespräch stellte ich fest, dass wir so viele Gemeinsamkeiten haben. Er faszinierte mich mit seiner Art. Seine Liebe zu Jesus spürte ich ihm aus allen Knopflöchern ab. Und ich wusste sofort: Diesen Mann werde ich heiraten. Genauso ging es auch ihm. Noch am selben Abend gestand er mir seine Liebe und wollte mich unbedingt wiedersehen. Zwei Tage später waren wir zusammen. Und wiederum sieben Wochen später verlobt. Und acht Monate später bereits verheiratet! Eine sehr verrückte Lovestory, ich weiß. Rasant und romantisch – und dennoch robust. Trotz vieler Schmetterlinge im Bauch gab es von Anfang an eine unglaublich starke Basis. Mein zukünftiger Ehemann ist mein ganz persönlicher „Cupcake" von Gott, den Gott mir geschenkt hat – und jetzt genieße ich ihn in vollen Zügen ...

Auch Maria, die Mutter von Jesus, hatte von Gott einen „Cupcake" geschenkt bekommen. Plötzlich, mitten in der Verlobungszeit, platzte ein Engel herein und sagte ihr, dass sie vom Heiligen Geist schwanger werden und einen Sohn gebären wird, dem sie den Namen Jesus geben soll. (Die Geschichte kannst du in Lukas 1,26–38 nachlesen.) Was muss ihr dabei durch den Kopf gegangen sein? Panik? Angst vor den Reaktionen der anderen Menschen? Vor allem wahrscheinlich Angst vor der Reaktion von Josef: Würde er das glauben? Schließlich war das ja eine äußerst mysteriöse Story: vom Heiligen Geist schwanger werden und dann auch noch den Sohn Gottes (!) gebären. Verrückt! Aber es muss etwas sehr Besonderes für Maria gewesen sein – zu wissen: Gott hat sie ausgewählt, Jesus zur Welt zu bringen. Ein Cupcake der besonderen Art.

Oder da ist ein Freund von mir, der lange mit einer Krankheit zu kämpfen hatte. So viele Menschen haben darum gebetet, dass Gott Heilung schenkt und er endlich wieder gesund wird. So viele Jahre wurde sein Vertrauen auf die Probe gestellt und so lange musste er es aushalten, dass seine Krankheit eben trotz vieler Gebete nicht von einem auf den anderen Tag weg ist. Und dann – plötzlich – die lang ersehnte Heilung. Die Ärzte können in seinem Blut die chronische Leukämie nicht mehr feststellen. Wahnsinn! Was für eine Freude! Endlich gesund! Ein Cupcake von Gott.

Mir fällt da auch die Story von der „Speisung der Fünftausend" ein (siehe Lukas 9,10–17). Da sind zwar keine Cupcakes verteilt worden, sondern Brotstücke und Fisch, aber diese Geschichte zeigt, wie Gott vor den Augen seiner Jünger und seiner Zuhörer einen absoluten Überraschungsmoment inszenierte: Mit fünf Broten und zwei Fischen wurden auf einmal Tausende Menschen satt. Aus menschlicher Sicht kann so eine Rechnung niemals aufgehen. Selbst für eine kleinere Geburtstagsparty wären zwei Fische und fünf Aufbackbaguettes definitiv zu wenig ... Aber für Gott ist alles möglich – und darum verteilt er auch so gerne seine „himmlischen Cupcakes".

Womit hat Gott dich schon beschenkt? Mit einem Urlaub, obwohl eure Familie knapp bei Kasse war? Mit einer wunderbaren Freundschaft? Mit einem unerklärlichen Wunder in einer ausweglosen Situation? Trage diese besonderen Geschenke in deinem Herzen. Sie sind deine ganz persönlichen „Erinnerungsstücke" – Erinnerungen an Gottes Güte und Freundlichkeit.

Ich glaube nicht, dass David so etwas wie Blaubeermuffins mit Sahne-Topping kannte, aber wohlschmeckende Dinge waren ihm mit Sicherheit vertraut. In einem seiner Lieder schrieb er: „Schmeckt und seht, wie freundlich der Herr ist. Wohl dem, der auf ihn traut!“ (Psalm 34,9; LU).

Vertrau Gott. Er möchte dich immer wieder beschenken, weil er dich liebt. Wenn du mal einen schlechten Tag hast und Gott gerade nicht anwesend zu sein scheint, kannst du dich an deine besonderen Geschenke erinnern und darauf vertrauen, dass er nicht aufhören wird, dir Gutes zu tun.

Vers des Tages

Schmecke und sieh, dass der Herr gut ist. Freuen darf sich, wer auf ihn vertraut! (Psalm 34,9; NL)

Aktion des Tages

Welche „Cupcakes“ hast du von Gott bekommen? Halte sie auf einem Blatt Papier fest. Wenn du kreativ bist, kannst du deine persönlichen Geschenke auch aufmalen. Klebe das Blatt dann dorthin, wo du immer wieder hinschaust. Und dann: Danke Gott für seine Geschenke an dich. Sie sind absolut nicht selbstverständlich!

Nelli Löwen

Alphamännchen

Werde ein Vorbild für andere

Al|pha|tier: bezeichnet das Leittier einer Herde oder eines Rudels. Alphatiere sind in der Regel die erfahrensten und aktivsten Tiere der Gruppe.

Woran denkst du, wenn du den Begriff „Alphamännchen" hörst? An den potentesten Bullen im Stall? An einen guten Leiter? An einen Wichtigtuer? Und kleine Frage am Rande: Gibt es eigentlich auch „Alphafrauchen"?

Fakt ist: Jede Gruppe von Menschen braucht ein „Leittier", jemanden, der Verantwortung für das Ganze übernimmt und andere führen kann. – Vielleicht bist du ja ein geborener Leiter und weißt es nur noch nicht? Deswegen möchte ich dir hier einen richtig fitten Leiter aus der Bibel vorstellen. Er heißt Josua und seine Story steht gleich in mehreren Büchern der Bibel (in 2., 4. und 5. Mose und im Buch Josua). Josuas Name bedeutet „Gott ist die Rettung". Das erste Mal wird Josua als „Heerführer" der Israeliten erwähnt. Später dann als „Diener" Moses. Und dann ist Josua einer der „Kundschafter" des Volkes Israels, die das versprochene Land Kanaan erkunden. Moment mal, Diener und Kundschafter? Das klingt aber nicht gerade nach einem Leiter! Stimmt, aber die Lage änderte sich, als Mose, der langjährige Chef der Israeliten, stirbt. Ein paar Tage vorher hat Mose Josua nämlich mit der Aufgabe betraut, das Volk nach 40 Jahren Wüstenwanderung endlich in das Land Kanaan zu führen. Und diese Aufgabe packt Josua mutig und erfolgreich an. Er ist geachtet vom ganzen Volk. Gott schenkt ihm Gelingen. Er ist also im besten Sinne zu einem Alphamännchen geworden.

Am spannendsten an der Story von Josua finde ich, was man vom ihm lernen kann, *bevor* er zum großen Leiter berufen wurde. Drei Dinge habe ich herausgefunden:

1. *Lerne von anderen Leitern.*
Josua war lange Zeit die rechte Hand eines großen Leiters – Mose. Er konnte ihn tagtäglich beobachten. Josua sah, wie Mose und sein Co-Leiter Aaron mit Gott redeten, wie sie Niederlagen erlitten und Probleme lösten. Dabei stand er immer in der zweiten Reihe. Ich bin als Jugendreferent auch ein Leiter. Und mir ging es ähnlich wie Josua: Am Anfang habe ich geschaut, wie es andere Leiter machen. Das meiste Know-how in Sachen Leitung habe ich bei ihnen abgeschaut und dadurch eine Menge gelernt.

2. *Der Weg zum Leiter kann lange dauern und erfordert Treue.*
Josua war vermutlich 60 bis 70 Jahre alt, als er zum Leiter seines Volkes wurde. Viele Jahrzehnte war er eher ein Azubi an Moses Seite. Josuas Weg zeigt: Leiter wird man nicht, weil man sich ganz doll anstrengt oder immer laut ruft: „Hier, ich will Leiter werden!“ Leiten hat etwas mit Charakter zu tun. Und Charakter wächst auch erst im Laufe der Zeit, besonders in den Krisen des Lebens. Wenn du also ahnst, dass du vielleicht die Gabe hast, andere anzuleiten, dann probier es aus – vielleicht im Schülerbibelkreis, im Jugendkreis, auf einer Freizeit. Aber bleib für den

Anfang erst mal treu in der zweiten Reihe. Gott wird dich rufen, wenn der richtige Zeitpunkt gekommen ist.

3. Wer Visionen hat, bekommt Gegenwind.
Es gibt eine Szene aus der Geschichte von Josua, die ich echt krass finde. (Sie steht in 4. Mose 13 und 14.) Josua ist mit seinen Kundschafterkollegen im Land Kanaan unterwegs. Insgesamt sind sie eine Gruppe von zwölf Mann. Als sie zurückkommen, sagen zehn von ihnen, dass man dieses Land niemals einnehmen könne, denn die Menschen dort seien riesig groß und viel zu stark. Nur Josua und sein Kundschafterkollege Kaleb sind zuversichtlich: Mit Gottes Hilfe könne man das schaffen. Aber das Volk hört nicht auf Kaleb und Josua, sie wollen die beiden sogar steinigen! Da greift Gott ein und bestraft die ängstlichen Israeliten mit weiteren 40 mühsamen Jahren in der Wüste. Josua hatte eine Vision. Er hatte einen festen Glauben an Gott und seine Stärke. Josua wäre bereit gewesen, das Heer zu führen. Aber das Volk will nicht. – Ganz Ähnliches erleben Leiter immer wieder: Rückschläge. Sie erleben, dass es in ihrer Gruppe Menschen gibt, die sie und ihre Ideen regelrecht bekämpfen, weil es ihnen zu heikel oder zu unbequem ist, einen neuen Weg zu gehen. Übrigens wurde Josuas Vision am Ende Wirklichkeit. 40 Jahre später (!) hörten die Menschen auf ihn. Die Story von Josua zeigt, dass Leiter eine Vision brauchen. Und dass sie Gegenwind aushalten müssen.

Ich möchte dich ermutigen und herausfordern: Übernimm Verantwortung. Werde ein Vorbild für andere. Probiere dich aus, indem du jemand anderes in einer Sache anleitest. Ich glaube, in jedem Menschen steckt das Potenzial, jemanden anzuleiten. Such dir einen Unterstützer oder einen Mentor, der dich fördert. Such dir einen Leiter, von dem du lernen kannst. Mach's wie Josua: Geh im Vertrauen auf Gott vorwärts.

Vers des Tages

Seid mutig und stark! ... Der Herr, euer Gott, geht mit euch. Er hält immer zu euch und lässt euch nicht im Stich! (5. Mose 31,6; Hfa)

Aktion des Tages

Beobachte heute mal, wer dich alles anleitet (Lehrer, Eltern, Trainer, Freunde ...) Wie machen die das? Was kannst du von ihnen lernen? Was würdest du besser machen? Wenn jemand gut leitet, sag ihm das. Wenn jemand schlecht leitet, dann lerne daraus oder hilf ihm, es besser zu machen.

Christoph Pahl

Fakebook

Nichts als die Wahrheit – oder?

Fake|book: (engl. fake – fälschen, täuschen); Parodie auf Facebook.

Während ich diesen Text hier schreibe, sitze ich am Flughafen. Genauer gesagt schon seit vier Stunden. Mein Flug von Leipzig nach Köln wurde spontan gestrichen und nun fliege ich ausgerechnet nach Düsseldorf. Mit dem Zug wäre ich schneller da. Und natürlich müssen jetzt ein paar nette Menschen sofort erfahren, was mir passiert ist. Ich schreibe einen lustig-flockigen Post auf Facebook und viele Hunderte meiner „Freunde" wissen umgehend Bescheid, kommentieren und liken. Außerdem wissen sie, wie busy ich bin und gerade durch Deutschland unterwegs bin. Sie bekommen jedoch nicht mit, dass ich mich auch ganz schön geärgert habe. Denn ich habe mich als der coole Chris, der's gelassen nimmt, präsentiert. Hab ich gelogen? Ich schaue meine letzten Posts durch. Habe ich da irgendwo die Unwahrheit geschrieben? Nein, nicht wirklich. Aber man schreibt bei Facebook ja auch nicht die wirkliche Wahrheit. Ich stelle natürlich nur Bilder ein, auf denen ich nicht zu dick aussehe. Ich überlege mir, welche Posts ich like, ohne mich politisch zu sehr zu positionieren. Aber besonders achte ich darauf, mein beschäftigtes, frommes, lustiges Image zu pflegen. Meine Scheidung, meine Depri-Phasen, meine nicht gut besuchten Gottesdienste ... findet man nicht auf Facebook. Hm, ist das dann alles Fake?

Was ist eigentlich Wahrheit? Darüber haben schon viele schlaue und besonders viele schlauere Menschen als ich nachgedacht. In der Bibel taucht der Begriff „Wahrheit" über 160-mal auf. Wobei es in der Bibel bei dem Thema meistens nicht um ein moralisches „nicht lügen" geht, sondern viel eher um so was wie „Treue", „Wirklichkeit" oder „Zuverlässigkeit". Die Wahrheit ist das, was sich nicht verändert, das, worauf man sich verlassen kann. Man sagt ja zum Beispiel auch: „Du bist ein wahrer Freund." Das bedeutet nicht, dass der Freund nie lügt, sondern, dass er treu an meiner Seite ist. Und da bin ich wieder bei Facebook und meinen 811 Freunden. 811 wahre Freunde? Immerhin nehme ich schon nur Anfragen von Leuten an, mit denen ich schon mal in der Realität gesprochen habe. Aber wie viele davon sind *wahre* Freunde?

Und ich frag mich weiter: Wie viele Freunde hätte Jesu bei Facebook gehabt, wenn es das zu seiner Zeit gegeben hätte? Und was hätte er gepostet? „Heute wieder 20 Menschen geheilt. #ilovemyjob" oder „Wie soll ich mit diesen 12 Pappnasen eine weltweite Gemeinde aufbauen? #papahilf". Vielleicht klingt diese Frage nach Jesus und Facebook für dich komisch. Aber ich mag die „What would Jesus do?"-Fragen. Zum Thema Freunde kann ich von Jesus wirklich etwas lernen. Er hätte bestimmt viele Freunde akzeptiert. Aber er hatte ein besonderes „Freundesystem", und diese Sache begeistert mich. Dieses System heißt: 3–12–70. Verstehst du nicht? Okay, also: Jesus hatte drei ganz enge Freunde: Johannes, Petrus und Jakobus. Diese drei nahm er am Abend vor seinem Tod mit zum Beten in den Garten Gethsemane. Sie scheinen seine besten Freunde gewesen zu sein. Dann gab es die 12 Jünger – seine guten Freunde also (zu denen auch die drei engen Freunde zählen) –, mit denen er sein Leben teilte und umherreiste. Und dann gab es noch 70 andere „Jünger", die er in die umliegenden Städte schickte (siehe Lukas 10). Auch sie müssen ihn gut gekannt haben. Vermutlich würde Jesus aber nur die zwölf Jünger seine wahren Freunde nennen.

Ich lerne von Jesus, dass ich diese drei engsten Freunde und diese zwölf guten Freunde brauche. Es kommt nicht genau auf die Zahlen an. Aber ich kann nun mal nicht zehn „beste Freunde" und auch nicht 40 „gute Freunde" haben. Und hier kommt die Wahrheit ins Spiel – auch die Wahrheit, die ich poste. Wenn ich keine guten Freunde habe, mit denen ich die Wahrheit über meine Abgründe teilen kann, dann ist das echt gefährlich. Ich persönlich habe deshalb zum Beispiel eine wöchentliche Männergebetsgruppe mit fünf Männern, die wissen, wenn es mir scheiße geht. Aber nur einer von denen kennt meine tiefsten Probleme und Sünden.

Wie ist das bei dir? Hast du einige gute Freunde? Hast du drei beste Freunde, denen du dich in der dunkelsten Stunde deines Lebens anvertrauen kannst?

Es ist gut zu wissen, dass Jesus unser engster Freund sein will. Aber er ist noch viel mehr als das: Er hat von sich gesagt, dass er die Wahrheit in Person ist. Was bedeutet das nun für mich?

Nein, ich reduziere meine Freundesliste bei Facebook nicht auf 70. Aber ich will zukünftig noch ehrlicher überlegen, was ich poste. Ja, und ich will mir immer wieder bewusst machen, dass das, was die anderen posten, genauso wenig die Realität widerspiegelt wie meine Posts. Ein bisschen bleibt Facebook Fakebook. Wie gut, dass es wahres Leben mit wahren Freunden gibt! Und wie gut, dass mein bester Freund, Jesus, die Wahrheit ist!

PS: Übrigens hab ich am Ende neun Stunden nach Köln gebraucht. Aber das hab ich nicht mehr gepostet. ☺

Vers des Tages

„Ich bin der Weg", antwortete Jesus, „ich bin die Wahrheit und ich bin das Leben. Zum Vater kommt man nur durch mich." (Johannes 14,16; NGÜ)

Aktion des Tages

Male auf ein DIN-A4-Blatt drei Kreise: in die Mitte einen so groß wie ein 2-Euro-Stück, um diesen Kreis einen weiteren in einem Abstand von fünf Zentimetern und um diesen zweiten Kreis dann noch einen dritten, wieder in einem Abstand von fünf Zentimetern. Nun schreibe die Namen der Menschen in den ersten Kreis, die dir ganz nahestehen und die die Wahrheit über dich kennen. In den nächsten Kreis kommen die guten Freunde und in den dritten Kreisring all die anderen, mit denen du gut bekannt bist. Was fällt dir auf? Hast du alle drei Kreise mit Namen versehen – oder ist ein Ring leer, weil die Gruppe der engsten oder der guten Freunde fehlt?

Christoph Pahl

LOL
Eine starke Gemeinschaft

LOL: 1. Abkürzung für „laughing out loud“ 2. Abkürzung für „League of Legends“, ein Computerspiel. 3. Abkürzung für Lomongo, die Sprache der Mongo in der Demokratischen Republik Kongo.

Lisa: Schau dir mal https://www.youtube.com/watch?v=U0spQDczkYk an.
Sarah: lol! ☺
Lisa: Find ich auch. Kommst du heute Abend zum Jugendkreis?

Ich arbeite an zwei Tagen pro Woche im Homeoffice. Manchmal ist es so, dass ich an diesem Tag mit niemandem persönlich spreche. Höchstens mit der Verkäuferin aus der Bäckerei. Da ich ein sehr beziehungsorientierter Mensch bin, merke ich irgendwann im Laufe des Tages, dass ich innerlich so richtig auf „Menschenentzug“ bin. Wie gut ist es in solchen Entzugsmomenten, wenn dann eine Freundin vorbeikommt. Wir unterhalten uns, lachen gemeinsam und verbringen eine schöne Zeit miteinander. In diesen Momenten merke ich dann wieder so richtig, dass mein Herz aufgeht und ich tief durchatmen kann.

Kennst du das auch? Du bist neu in der Klasse und fühlst dich allein. Oder du bist krank zu Hause und es scheint, als ob du von der Welt ausgeschlossen wärst. Niemand von deinen Freunden ist in der Nähe zum Quatschen. Zum Glück gibt es ja noch WhatsApp, aber auf die Dauer fehlt einfach der persönliche Kontakt. Allein sein, sich mit niemandem austauschen können ist einfach doof.

Gott hat uns Menschen so geschaffen, dass wir Beziehungen haben wollen und ohne Beziehungen gar nicht leben können. Das liegt quasi in unserer DNA. Gott hat uns so gemacht, weil er selbst auch so tickt: Er sehnt sich nach Gemeinschaft. Er braucht Gemeinschaft und erlebt sie – zuerst und vor allem in der Gemeinschaft in sich selbst. Das hört sich jetzt vermutlich seltsam an, aber Gott lebt mit seinem Sohn Jesus Christus und dem Heiligen Geist in einer untrennbaren Beziehung.

Und weil Gott so viel Wert auf Gemeinschaft legt, hat er auch uns mit diesem Beziehungsgen ausgestattet. Er weiß, wie sehr wir aufeinander angewiesen sind, und deshalb hat er sich auch die Gemeinde ausgedacht: eine Gruppe von Menschen, die zusammenstehen und gemeinsam den Glauben an Gott teilen.

In der Apostelgeschichte wird die erste Gemeinde so beschrieben: Sie standen füreinander ein, begegneten sich untereinander mit Liebe und Hilfsbereitschaft und sie beteten füreinander (siehe Apostelgeschichte 2,42). Und das ist, wie du sicher schon selbst erlebt hast, alles andere als einfach! In einer Gemeinde kommen schließlich Menschen zusammen, die sich sonst vielleicht gar nicht freiwillig treffen würden, einfach, weil sie so verschieden sind. Gerade weil das so ist, möchte Gott, dass wir gut miteinander auskommen und tatsächlich in Liebe füreinander einstehen. Wenn du die Menschen liebst, die mit dir zu Gottes Familie gehören, werden andere Menschen erkennen, dass du zu Jesus gehörst (siehe Johannes 13,35). Diese Liebe ist so wichtig, weil du dadurch Gottes Liebe widerspiegelst. In der Gemeinde kannst du für andere da sein, wenn sie dich brauchen. Du kannst dort aber auch selbst Hilfe erfahren, wenn es dir mal schlecht geht. Die Gemeinde hat Gott dazu geschaffen, dass wir uns dort gegenseitig unterstützen, ermutigen und füreinander beten. Und wenn es mal Konflikte oder Meinungsverschiedenheiten gibt, dann sollten wir diese Herausforderungen mutig anpacken und Jesus dabei im Blick behalten, der das Bindeglied zwischen allen Gemeindemitgliedern ist. Wenn du Teil einer Gemeinde bist, die versucht, Jesus immer ähnlicher zu werden, wirst auch du im Glauben wachsen und Jesus immer ähnlicher werden.

Also: Kommst du diese Woche zum Gottesdienst bzw. zum Teenkreis?

Vers des Tages

Denn wo zwei oder drei versammelt sind in meinem Namen, da bin ich mitten unter ihnen. (Matthäus 18,20; LU)

Aktion des Tages

Zu welcher Gemeinschaft bzw. Gemeinde gehörst du? Was ist dir daran total wichtig? Wo hast du das Gefühl, dass du nicht richtig dazugehörst? Bitte Gott, dir zu helfen, Teil einer starken Gemeinschaft zu werden, in der du Spaß haben, aber auch persönlich und im Glauben wachsen kannst.

Nelli Löwen

MyStory

Lass Gott deine Geschichte schreiben

My|Story: mystory.me ist eine Seite von „Campus für Christus", auf der jeder seine persönliche Geschichte mit Gott online stellen und kann.

Die Szene ist noch heute wie ein Kinofilm in meinen Kopf tätowiert: Ich saß in einem christlichen Freizeitheim auf einem alten Stockbett mit Metallgerüst, an dem die Farbe bereits abblätterte. Ich war 16 Jahre alt und befand mich auf einer Gemeindefreizeit. Das Programm interessierte mich herzlich wenig. Meine ganze Aufmerksamkeit gehörte einem Buch, das meine Jugendleiterin mir ausgeliehen hatte. „Die Berufung eines Rockstars" war die Geschichte über die Entstehung einer White-Metal-Band namens „Barren Cross", von der ich ein großer Fan war. Die Mutter des Schlagzeugers beschrieb in dem Buch, dass sie zuerst dagegen war, dass ihr Sohn solche „teuflische Musik" spielte. Aber als sie bei den Konzerten miterlebte, wie sich Hunderte von Jugendlichen für ein Leben mit Gott entschieden, änderte sie ihre Meinung.

Ich weiß noch, wie ich auf diesem Stockbett hockte, dieses Buch las und dabei Freudentränen über mein Gesicht liefen. Diese Geschichte faszinierte mich. Und während ich dasaß und las, wusste ich: Genau das möchte ich mit meinem Leben auch machen: durch Musik Menschen von Gott erzählen. Ich war mir sicher: Dafür hatte Gott mich geschaffen! Denn Musikmachen war meine größte Leidenschaft.

Das war #mystory, der Anfang meiner Geschichte. Aber das ist *meine* Geschichte, und die ist mit Sicherheit anders als deine. Was möchtest du einmal werden? Wofür brennt dein Herz? Eines der wichtigsten Dinge in deinem Leben ist herauszufinden, wofür du lebst, wozu du berufen bist. Was denkst du: Wofür hat Gott dich geschaffen? Wie kannst du einen Unterschied in dieser Welt machen?

Gott sagt im Alten Testament zu Jeremia: „Ich kannte dich schon, bevor ich dich im Leib deiner Mutter geformt habe. Schon vor deiner Geburt habe ich dich dazu bestimmt, dass du den Völkern meine Botschaften überbringst" (Jeremia 1,5; NL). Und genau wie für Jeremia hält Gott auch einen Plan für dich bereit. Und den gilt es herauszufinden. Denn ob wir das wollen oder nicht, jeder von uns ist ein „History Maker" – jeder von uns schreibt Geschichte. Es bleibt nur die Frage, ob es eine gute oder eine schlechte Geschichte ist.

Wenn es um deine Berufung geht, dann ist es wie mit einem Auto: Nur ein fahrendes Auto kann man lenken. Deshalb bleib nicht stehen, sondern sei auf der Suche nach dem, was Gott für dein Leben vorbereitet hat (Epheser 2,10). Dabei können dir folgende Fragen helfen:

- Worüber denkst du nach, wenn du nachts nicht schlafen kannst?

- Wovon hast du schon immer geträumt?
- Was macht dich wütend wenn du es siehst? Was konkret würdest du da gerne ändern?
- Was kannst du richtig gut und macht dir so richtig Spaß?
- Bei welchen Tätigkeiten vergisst du komplett die Zeit?
- Wer sind deine Vorbilder und was bewunderst du an ihnen?

All diese Fragen können dir dabei helfen, Antworten darauf zu finden, was eigentlich deine Geschichte sein könnte. Deine Berufung. Your Story. Die Dinge, die uns bewegen, können Wegweiser zu unserer Berufung sein. Also: Dream big! Du bist dazu geschaffen, Großes zu bewirken.

Vers des Tages

Ein Mensch kann seinen Weg planen, seine Schritte aber lenkt der Herr. (Sprüche 16,8; NL)

Aktion des Tages

Wenn es in deinem Leben keine Beschränkungen gäbe, wenn Geld, Zeit und Talent keine Rolle spielen würden: Was würdest du dann gern mit deinem Leben anstellen? Versuche es mal in einem Satz aufzuschreiben.

Daniel Harter

Anmerkungen

1 Quelle: bild.de, DSDS-Themenseite (abgerufen am 21. 6. 2016)
2 Quelle: pc-Welt.com (abgerufen am 21. 6. 2016)
3 Quelle www.wuv.de/medien/teens_nutzen_lieber_snapchat_als_facebook, (abgerufen am 14. 09. 2016)